한 마을과
두 갈래 길을
지나는 방법에
대하여

한 마을과
두 갈래 길을
지나는 방법에
대하여

한지혜 소설

교유서가

• 이 책은 『안녕, 레나』(새움, 2004)의 개정판입니다.

차례

외출

출근길에 나는 늘 두 사람을 만난다. 한 사람은 여자이고, 한 사람은 남자이다. 한 사람은 어린아이이고, 한 사람은 이제 막 머리가 희끗해진 노년의 신사이다. 한 사람은 나를 보면 말을 걸고 싶어 안달이고, 한 사람은 그저 소리 없이 나를 훑어보기만 한다. 하지만 두 사람 모두 되도록 만나고 싶지 않다는 점에서 내게는 동일인물이나 마찬가지이다.

먼저 만나는 사람은 내가 사는 집의 주인 남자였다. 넓은 마당 한쪽에 붉은 벽돌로 단단하게 지은 이층 양옥이 그의 집이었다. 나는 대문 바로 옆에 있는, 전에 창고로 쓰던 곳에 입식 부엌과 방을 들여 원룸처럼 꾸며놓은 반지하방에 세 들어 살았다. 방의 위치가 그렇다보니 출입이라는 것이 대문 옆으로만 살짝 오가는 것이어서 주인집 식구들과 마주치는 일은 드

물었다.

그런데 지난봄부터 사정이 좀 달라졌다. 마당에 있는 벚나무가 그해 첫 싹을 틔우던 날 아침, 주인 남자가 세수를 하다 말고 갑자기 쓰러졌다. 풍을 맞았다고 했다. 교수였다는 그 남자는 정년퇴직을 몇 달 남겨두고 있었다. 학교를 그만두면 여행이나 즐기며 살겠다는 계획을 세우는 중이었다고 했다. 하지만 풍을 맞은 후 남자는 여행을 갈 수가 없었다. 혼자서는 몇 걸음도 제대로 떼어놓기가 힘들기 때문이었다. 그의 부인이 남자를 위해서 마당에 면한 거실 창문 가까이 커다란 소파를 옮겨놓았다. 남자는 무릎에 담요를 두르고, 말 잘 듣는 아이처럼 오후 내내 소파에 앉아 마당을 내다보았다. 남자가 앉은 자리에서는 대문이 아주 잘 보였기 때문에 대문 옆 반지하방에 사는 나는 대문을 드나들 때마다 하릴없이 그 남자의 시선을 받아야 했다.

물론 그 남자가 늘 내 뒷모습을 훔쳐보고 있는 것 같지는 않았다. 가끔씩 등을 훑는 시선 따위가 느껴져서 뒤를 돌아보면 혼이 반쯤은 빠져나간 시선으로 그 남자가 보고 있던 것은, 그가 이 집을 지은 후 심었다는 나무들이나 텅 빈 하늘이었다. 나는 기적이 일어나서 남자가 다시 안방으로 걸어들어가 여행 가방을 꾸리게 되거나, 아니면 빨리 죽어 소파에서 사라지기를 간절하게 바랐다.

그다음 만나는 사람은 슬기였다. 슬기는 우리집에서 골목을 하나 돌아가면 바로 맞닥뜨리는 다세대 주택의 지하방에 사는 아이였다. 고모와 함께 살았는데, 아버지는 죽고 어머니는 미국에 돈 벌러 갔다며 콧등을 씰룩였다. 하지만 그 아이의 말은 온통 뒤죽박죽이어서 그 말이 어디까지 사실인지는 알 수가 없다. 고모의 남편을 고모부가 아니라 삼촌이라고 부르면서도, 그럼 친고모가 아니구나 하면 친고모가 맞다고 눈물까지 흘려대며 바득바득 우겼다. 어쨌거나 제 고모가 일 나간 틈을 타서 하루에도 서너 번씩 갈아입는 옷이 하나같이 고운 걸 보면 버려진 아이 같지는 않았다.

그래도 부모가 돌보지 못하는 탓인지 슬기는 동네 아이들이 다 가는 유치원에 가지 못했다. 대신에 슬기는 아침 내내 오가는 사람들에게 물이 든 주사기로 주사를 놓으며 병원놀이를 했다. 측은한 마음에 선선히 팔을 내주면 아예 자신이 가진 공책에 이름을 적어놓고, 볼 때마다 주사를 맞아야 한다고 억지로 잡아끌었다.

그렇게 놀다가 제집 앞에 있는 구멍가게가 문을 열면 그 안으로 쪼르르 들어갔다. 가게 주인은 나이가 많은 노인이었는데, 슬기가 뭘 집어먹든 상관하지 않았다. 동네 사람들은 복 받을 노인이라고 말하곤 했지만 천만의 말씀이다.

나는 언젠가 슬기를 무릎에 앉혀 토닥이던 그 노인이 주위를 한번 살피고는 슬기의 치마를 들춰 잠지를 만지는 걸 보았다. 그런데 아마도 그런 일이 처음은 아니었던 듯 슬기는 태연

했다. 마치 자신이 먹은 사탕의 셈을 치르듯 당연한 표정이었다고나 할까. 이상하게도 그 광경을 보자 변태 늙은이보다 슬기에게 더 화가 나서 궁둥짝이라도 두들겨패주고 싶어졌다.

하지만 나는 두 사람 다 모르는 체했다. 다른 아이가 그렇게 당했더라도 마찬가지였겠지만, 나는 내 것이 아닌 삶에 간섭하고 싶지는 않다. 게다가 슬기는 집요하고 영악한 구석이 많은 아이이다. 자기에게 조금이라도 불리하면 고장난 수도꼭지처럼 울어대는 꼴을 보아도 그렇고, 하루에 서너 번씩 옷을 갈아입다가 제 고모가 올 시간이면 아침에 입혀놓은 허름한 옷으로 갈아입고 시치미를 떼는 것만 봐도 그렇다.

그뿐인가. 제 물건을 아무데나 버려두는 것은 물론이거니와 그렇게 버렸다가도 누군가 그 물건을 주워 놀고 있으면 잃어버린 것이라고 우기기도 잘 했다. 그런 아이인지라 가게 늙은이가 잠지를 만지는 것쯤은 정말로 슬기가 묵인하고 있는 사탕 셈이었는지도 모른다.

오늘 아침에 만난 슬기는 병원놀이 대신에 뭔가를 앞에 두고 심각한 표정을 짓고 있었다. 그러다가 나를 보자 이때다 싶은지 울음을 터뜨렸다.

"언니, 이것 좀 봐. 무서워 죽겠어. 아침에 나오니까 이게 여기에 있잖아. 와서 좀 봐."

슬기가 잡아끄는 대로 다가가서 살펴보니 죽은 고양이였다. 내장은 이미 다른 것들의 밥이 되었는지 찾아볼 길이 없고,

눈이 있던 자리가 푹 꺼진 모양새며 낡은 빗자루 같은 털 속에 앙상하게 뼈만 솟아 있는 것이 풍장이라도 치른 양했다. 죽은 지 한참은 되었는지 살아 있던 흔적이라고는 하나도 느껴지지 않은 고양이는 무섭다기보다는 쓸쓸해 보였다.

그게 어쩌다 슬기의 눈에 띄었는지는 모르겠지만, 섧게 울고 있는 슬기는 고양이의 상주처럼 보였다. 그 모습이 어딘가 측은하기도 하고, 볼썽도 사나운 것이 영 마음에 걸렸다. 그래서 지레 큰 소리로 슬기에게 아침부터 재수 없게 왜 울고 그러느냐고 면박을 주다가 정말 재수 없는 일이 하나 생각났다. 고양이만 보면 나쁜 일이 생긴다는 사실이다. 언젠가는 계단을 오르다가 도둑고양이를 보고서 액땜을 한다고 침을 퉤엣 뱉다가 발을 헛디뎌 한동안 깁스를 하고 다니기도 했다.

나는 죽은 고양이 앞으로 나를 잡아끈 슬기가 미워서 견딜 수가 없다.

내가 일하는 곳은 광고대행사이다. 대기업을 모기업으로 둔 하우스 에이전시라서 해마다 입사경쟁률이 치열했다. 시내 한 가운데에 독특한 디자인으로 설계된 회사 건물이 워낙 그럴 듯해 출근할 때마다 한결같이 뿌듯한 마음이 들곤 했다. 다른 사람보다 나은 삶을 살 수 있다는 것은 확실히 좋은 일이다.

하지만 이 회사에서 내가 하는 일은 뚜렷하지 않다. 아직 직종이 없기 때문이다. 명함에는 제작 3팀 PD라고 적혀 있고, 대개의 시간을 사무실보다 촬영장이나 녹음실, 편집실 등에서 보내기는 하지만, PD라고 부르기에는 다소 이르다. 카피라이터가 시시해서 손대고 싶어하지 않는 전단광고가 들어오면 대신 카피를 쓰기도 하고, 외부 스케줄이 없는 날이면 바쁜 디자이너를 위해 자료 사진을 찾아주는 정도는 해주기도 한다. 사내 전화부에 기재된 제작 3팀에도 내 이름은 없다. 나는 인턴사원이었다. 이 좋은 곳에 아직은 확실하게 자리잡지 못한 사람이라는 사실이 다소 아쉽고 서운했다. 그렇다고 소침해질까닭은 없었다. 나는 정사원들과 함께 회의에도 참석하고, 더러는 기발한 아이디어로 칭찬을 받기도 했다. 무엇보다도 사내 전화부를 볼 필요가 없는 다른 사람들은, 내가 건네는 명함만 보면 부러움을 감추지 않았다.

비록 인턴이지만 내가 일을 잘하고 있다는 것은 회사 안의 누구나 인정했다. 게다가 계약된 1년 가운데 이제 남은 기간은 6개월뿐이었다. 6개월만 지나면 나도 사원 명단에 이름을 올릴 수가 있다. 그때 직종은 아마 명함 그대로 PD일 것이다. 약간의 아쉬움에도 불구하고 나는 지금 하는 일들이 무척 만족스럽다.

"현경씨, 편집실 가서 시안 테이프 좀 찾아다줄래?"

사무실에 들어서는 나를 보자 유PD는 살았다는 표정으로 바로 일을 부탁했다. 프레젠테이션이 잡혀 있던 날이라 사무실은 어수선했다. 프레젠테이션 상대는 음료회사였다. 광고주는 석 달 전 새로 출시한 음료의 판매실적이 좋지 않자 그 원인을 광고 탓으로 돌리고 이전 대행사를 떠나 우리에게 손을 내밀었다.

변덕스럽고 불평 많기로 소문난 광고주였다. 첫 프레젠테이션을 잘해야 그해 실적이 좋다고 국장은 날마다 다그쳤지만, 그럴수록 아이디어는 더디게 나왔다. 쓸 만한 아이디어다 싶으면 기획팀에서 제품에 대한 설명이 부족하다고 고개를 젓고, 기획팀이 나름대로 제품에 신경써서 내놓은 아이디어는 쓸데없이 카피만 길었다.

나중에는 기획팀과 제작팀 간의 자존심 싸움으로까지 상황이 치달았다가 겨우 어제서야 양쪽의 입맛에 맞는 아이디어를 찾았다. 앞서 나왔던 안들보다 썩 괜찮지는 않았지만 더이상은 시간도 없었다. 해서 부랴부랴 아이디어를 정리하고 시안을 그리느라 디자이너들은 아예 사무실에서 밤을 새운 듯했다.

"여그 커피부터 좀 준나."

가방만 의자에 내려놓고 편집실로 향하는 나를 국장이 불렀다. 프레젠테이션 때문에 여느 날과 달리 일찍 출근한 그는, 긴 의자에 몸을 파묻고 지뢰찾기 게임에 열중해 있었다. 아침에 본 고양이는 그가 내게 시비를 걸 전조였던 듯했다.

"저, 시안 때문에……."

"오래 걸리는 기가?"

느릿한 말투로, 하지만 국장은 대번에 내 말을 잘랐다. 커피 타는 일이 뭐 그렇게 오래 걸리냐는 말이었다. 흘깃 국장을 보던 유PD가 내게 그냥 그렇게 해주라는 눈짓을 보내고 직접 편집실로 올라갔다. 나는 그에게만 보이도록 살짝 씁쓸한 웃음을 지었지만 그는 보지 못한 듯했다.

나는 유PD를 좋아하고 있다. 입사해서 처음 만난 순간, 나는 그가 좋아할 만한 사람이라는 것을 알았다. 하지만 그는 내가 그를 좋아하고 있는 줄 모른다. 그에게 어떤 내색도 하지 못했다. 내색은커녕 언젠가 그가 나에게, 넌 이따금 너무 슬퍼 보여, 하고 말한 뒤로 나는 그와 단둘이 마주칠 때마다 늘 슬픈 얼굴만 했다.

내 사랑은 늘 그런 식이다. 죽여버리고 싶은 사람이나 죽고 싶게 미운 사람 앞에서는 가장 살맛나는 표정을 짓고, 좋아하는 사람 앞에서는 못 견디게 씁쓸한 표정밖에 짓지 못한다. 진하게 타라, 설탕 빼는 거 알지? 아침에 뽑아놓은 원두커피가 주전자에 가득해도 국장은 꼭 인스턴트커피를 고집했다. 그것도 자기 손으로 타는 법이 없었다.

"봐라, 커피는 이렇게 여자 손으로 곱상히 줘야 맛이 나는 기다."

내가 이 회사에서 유일하게 미워하는 사람이 있다면 그것은 바로 국장이다. 얼마 전에 단행된 인원 감축으로 팀 내에서 자잘한 행정일과 국장 비서역을 해주던 여사원들이 우선 해고

되면서 국장은 내게 그 역할을 대신하도록 강요했다. 최근에는 내가 촬영장에 가는 일에까지 못마땅한 기색을 드러내며 간섭을 했다.

인턴사원인데다 내가 나가면 아예 여자가 없는 팀이 되어 버린다는 사실이 국장에게 좋은 빌미가 되었다. "오후에 광고주 온다카던데, 사내놈들만 멀뚱히 앉아 있으면 그림이 나쁘지 안켄나?" 정도는 그래도 괜찮았다. "사내들 수두룩한 촬영장 가면 뭐하나? 가스나가 그런 데서 밤새우고 그라모 시집이나 제대로 가겠나?" 하는 식으로 인격을 비하하는 말도 서슴지 않았다.

그때마다 대꾸하고 싶은 말이 목구멍을 타고 꾸역꾸역 올라왔지만 참았다. 국장 앞에서는 배시시 웃기만 했다. 처음에는 그가 그래도 국장이라서였고, 최근에는 이 모욕이 조만간 끝나리라는 것을 알았기 때문이다.

지난 1차 해고가 있던 날, 나는 은근히 내 신상이 걱정되어서 인사부에 있던 강에게 상황을 물어보았다. 평소 내게 호감을 표시하던 강은, 내게 아무 걱정 말라는 격려와 함께 머지않아 임원들을 대상으로 하는 2차 해고가 있을 예정이고, 그 대상자 안에 국장이 들어 있더라는 이야기까지 들려주었다. 감사의 뜻으로 나는 그와 주말에 데이트를 했다. 강은 여자문제가 복잡하기로 소문난 인물이었지만 개의치 않았다. 데이트를 하는 것과 연애를 하는 것은 전혀 다른 일인 것이다.

나 역시 강을 탓할 입장은 아니었다. 강이 아니더라도 이 회사에서 나와 데이트를 하는 남자들은 다섯 명쯤 더 있었다. 그 중에는 유부남도 있었다. 대단한 데이트는 아니었다. 그저 이따금 함께 저녁을 먹거나 술을 마시면서, 그들이 회사에서 하는 일이 얼마나 중요하고 얼마나 고된지 하는 이야기를 들어주며 감탄과 안타까움을 적절히 표해주고, 이미 결혼한 이들에게는 기혼남의 권태로움 정도도 아울러 들어주는 것뿐이었다.

나는 예쁘지는 않았지만 젊었고, 수십 번을 되풀이한 이야기들도 전혀 지겨워하지 않고 재미있다는 표정으로 들을 수 있었다. 지루한 표정 따위는 내비치지 않았다. 그렇게 그들의 이야기에 고개를 끄덕여주고 있으면 저절로 매력 있고 똑똑한 여자가 되어 있었다.

그런 감정을 우려낸 후에 그래도 당신들이 부럽다고 지나가는 말처럼 툭 던지면, 그들은 갑자기 정색을 하고 그간 나에게 소홀했던 것을 진심으로 미안해했다. 그리고 내게 어떤 식으로든 도움을 주고 싶어했다. 실은 이 회사에 인턴으로 들어올 수 있었던 것도 그들이 내게 준 도움 가운데 하나였다. 하지만 나는 지금 그들이 기대한 수준 이상으로 제 몫을 해내고 있으니 그들에게도 나쁘지 않은 거래였던 것은 분명하다.

"니 오후에 뭐할끼가? 내 다녀와서 할말이 있구마는. 쓰잘데기없이 나댕기지 말고, 전화 잘 챙겨 받아가마 사무실이나 지키라."

뭐라고 대답할 틈도 없이 국장은 완성된 시안을 옆구리에 끼고 밖으로 나가버렸다.

이번 프레젠테이션에는 나도 경험 삼아 참가시키자는 팀 사람들의 제안을 국장은 거절했다. 인턴으로 일하겠다고 면접을 보러 왔을 때 반대했던 쪽도 국장이었다. 인턴사원에게 무슨 명함이냐며 내게 지급된 명함을 보고 사람들이 다 듣게 군소리를 하기도 했다.

나는 어떻게든지 그에게 잘 보이고 싶어 책상을 정리해주기도 하고, 아침마다 차를 끓여주기도 했다. 생각해보면 그게 잘못이었다. 그제서야 군소리가 조금 들어간다 싶더니 국장은 내가 그저 그렇게 자신의 비서 역할만 해주기를 바랐다. 하지만 나는 그의 비서가 되려고 여기까지 온 것은 아니었다.

"흠, 이러고 있는 거 싫지 않아?"

내일 있을 촬영 준비를 하느라 역시 프레젠테이션에 가지 않았던 유PD가 나를 가만히 바라보았다. 그런 말을 할 때 어쩔 수 없이 그의 눈에서 배어나는 안타까움은 언제나 내 마음을 아리게 한다. 나는 그를 좋아하지만, 그는 나를 아껴주고 있을 뿐이다.

"왜요? 이러고 있는 거 바보 같아요? 그래요?"

"흠, 흠, 흠."

금세 대답할 말을 찾지 못할 때 흠흠거리는 것은 그의 버릇이다. 그는 가만히 손가락을 뻗어 내 볼을 튕기고는 피식 웃는다. 누구에게나 다정하게 구는 것도 그의 버릇이다. 그걸 알면서도 이렇게 단둘이 있으면 나는 그의 연인이 되어 있는 것 같다.

입사한 지 얼마 안 되었을 때 함께 술을 마시다가 그가 잔뜩 취해서 언제고 내게 뽀뽀하고야 말겠다고 한 적도 있다. 그래서 그도 나를 좋아하는 줄로만 믿었던 적도 있다. 그러나 그는 다른 사람을 사랑하고 있다고 했다. 무심함을 가장한 질문에 그는 자신이 사귀는 여자의 이야기를 들려주었다. 그것도 모르고 하마터면 그에게 내 사랑을 고백할 뻔했다.

"나 우스운 거 알아요. 그렇지만……."

"흠, 흠, 괜찮아."

그렇지만 나는 달리 갈 데가 없다고 말하고 싶었다. 하지만 뒷말은 입 밖으로 나오지 않았다. 그가 괜찮다며 내 오른손을 꼭 쥐고 톡톡 다독거렸기 때문이었다. 아무도 없는 사무실은 냉랭했지만 그의 손은 따뜻했다. 그 느낌이 너무 안온해서 나는 오히려 괜찮지 않아졌다. 그가 그대로 나를 가만히 안아준다면 얼마나 좋을까, 그렇다면 많은 위로가 될 텐데……. 하지만 그는 금세 손을 풀고는 다시 손가락으로 볼만 살짝 꼬집더니 자리로 돌아가버렸다.

솔직히 말하면 나는 인턴사원이 아니다. 아니 이 회사에는 인턴사원 제도가 없다.

정확히 서른두번째 이력서를 낸 곳에서도 연락을 받지 못하고서야 나는 내가 갈 곳이 없음을 인정했다. 나는 명문대는 커녕 지방대를 졸업한, 그것도 인문계열을 전공한, 그것도 여자였던 것이다. 서른두 곳 중에서 연락이 왔던 곳은 딱 두 곳뿐이었다.

한 곳은 제약회사였는데, 내가 지원한 사보실 대신 텔레마케팅 부서에서 일해도 괜찮겠느냐는 제의를 해왔다. 또다른 한 곳은 민족문화에 대한 기사를 쓰는 작은 신문사였는데, 면접을 보기로 한 전날 사이비언론을 보도한 뉴스에 나왔다. 그래도 혹시나 해서 가보았지만, 사무실은 텅 비어 있었다.

그곳을 끝으로 더이상 이력서를 쓰지 않았다. 서른두 번이나, 그것도 각기 내용이 다른 서른두 통의 자기소개서까지 첨부해서 이력서를 쓰고 나니 이력서라면 신물이 났다. 그동안 찍은 사진만 해도 엄청났다. 사진으로 보는 첫인상도 중요하다길래 사진관에서 요금을 곱절은 주고 열 번도 넘게 사진을 찍었다. 서른두번째 이력서를 우체통에 넣은 것을 마지막으로 나는 방에 틀어박혔다.

나는 방에서 종일 라디오를 들었다. 주로 오래전 팝송과 유행 지난 가요를 틀어주는 프로그램을 들었다. 라디오를 듣는 일이 지겨워지면, 시나리오 작가가 꿈인 친구가 추천해준 비디오를 빌려다 보기도 했다.

나는 평소에 가장 경박한 텍스트로 영화를 지목했다. 시간과 공간에 상관없이 반복 재생될 수 있는, 그래서 별 노력 없이 쉽게 습득할 수 있다는 점에서 그랬다. 그런 영화를 보는 이유는 단 하나였다. 세상에는 그런 비슷한 종류의 경박한 삶들이 많기 때문이었다. 그들을 상대하려면 닮은 것들에 적당히 해박해질 필요도 있었다.

비디오를 보는 일도 지겨워지면, 앞으로 내가 할 수 있는 일들에 대해서 곰곰이 생각해보기도 했다. 언제까지나 실업상태에 있을 수는 없었다. 지도교사를 겸한 학습지 판매사원이 되거나 변두리 학원에서 초등학생 글쓰기를 가르치는 강사라면 할 수 있을지도 몰랐다.

운이 나쁘면 남은 두 가지도 될 수 없을지 몰랐다. 하지만 나 역시 둘 중에서는 어느 것도 택하고 싶지 않았다. 나는 좀 근사한 삶을 살고 싶었던 것이다. 결국 생각을 고쳐먹기로 했다. 어쩌면 내 삶은 이력서가 아니라 다른 그 무엇으로 인해 근사해질지도 모른다고.

나는 사람들에게 전화를 걸기 시작했다. 내 전화를 받는 사람들은 대부분 엘리트이고, 좋은 직장에 다니는 사람들이었다. 나는 그런 사람들을 제법 많이 알았다. 그런 사람들을 만나기 위해 내가 기울인 노력과 관심도 적지 않았다.

동아리를 가입해도 학교 밖에서, 물 좋은 선배들이나 동기들을 만날 수 있는 곳을 찾았고, 아르바이트도 되도록 대기업에서 하려고 했다. 그러나 나는 전화를 걸어 그들에게 일자리를 부탁하거나 하지는 않았다. 섣부른 부탁은 사람들과의 관계만 어긋나게 하기 쉬웠다. 물론 안달하거나 실망에 차 있는 모습도 금물이었다. 그런 모습은 그들에게 부담감을 주기 때문이었다.

일자리를 부탁하기는커녕, 나는 혼자서 잘살고 있음을 보여주려고 강사로 일할 수 있는 변두리 학원을 찾아갔다. 버스를 두 번 갈아타고 정확히 한 시간 반이 걸리는 곳이었다. 초등학교 고학년을 위한 글쓰기와 중학교 국어를 가르치기로 했다.

보수는 내가 제시했던 것의 70퍼센트 선에서 결정되었다. 졸업학교도 원장이 임의대로 바꾸었다. 내가 나온 학교로는 학부모들의 신임을 받을 수 없고, 그런 선생을 쓰면 학생들이 줄어든다고 했다. 어차피 오래 있지는 않을 텐데 뭐, 하는 마음으로 나는 학원측의 요구를 받아들였다.

"하고 싶던 일은 아니지만, 학원 쪽에서 워낙 사정을 해서 당분간만 있기로 했어요. 보수요? 비밀이에요. 다른 선생님들보다 조금 더 받거든요. 오래 있지는 않을 거예요. 어쩌면 머지않아 좋은 기회가 생길지도 모르겠어요."

나는 안온하게, 조금은 당당하게 곧 좋은 기회가 올 것 같아요, 하고 통화 상대에게 말했다. 그리고 그 말끝에 목소리를 낮추고 가볍게 한숨을 쉬며 덧붙였다. 그래도 그곳만 하겠어요? 난 정말 그곳에서 일하는 분들이 참 부러워요. 그러면 그들은,

자신들의 사회적 위치에 자긍심을 가진 그들은, 자신들과 상관없는 곳에 좋은 기회가 있으리라고 믿고 싶어하지 않는 그들은 스스로 좋은 기회가 되려고 했다. 그들 가운데 한 명에게서 전화가 왔다.

"실은 아르바이트가 필요해. 여러 명 면접을 봤는데, 딱 이 사람이다 싶은 사람이 없어. 그래서 생각을 해봤는데, 현경씨가 우리 팀에 와서 일해주면 어떨까 싶어. 아, 물론 현경씨가 온다면 아르바이트가 아니라 인턴사원이지. 한 1년쯤 도와주면 촉탁사원으로 발령받을 수 있을 거야. 촉탁사원이면 정사원하고 하나도 다를 거 없어. 우리 회사가 마음에 안 들면 다른 데로 보내줄게. 근사하고 멋지게 포장해서 기가 막히게 팔아줄 자신 있다구. 우리 원래 그런 장사 하는 사람들이잖아."

광고동아리에 있던 나는 방학이면 광고대행사에서 주최하는 공모전에 참가했다. 전화를 걸어준 이는 공모전을 준비하면서 도움을 받으려고 찾아간 대행사 디자이너였다. 그를 통해 나는 있지도 않은 인턴이라는 명함을 달고 회사에 들어갔다. 그의 말처럼 그 회사에 그렇게 입사한 사람이 몇 명 있다는 것도 사실이었다. 하지만 무엇보다도 내 귀를 잡아끈 것은 근사하고 멋지게 포장해서 기가 막히게 팔아주겠다는 말이었다.

나는 내 스스로를 좋은 상품이라고 믿었다. 그런데도 내 이력서가 거절당한 것은 포장을 잘 못한 탓이라고도 믿었다. 그래서 그들의 약속은 더욱 솔깃했다. 설령 그들이 약속을 지키지 못하더라도, 그들 옆에 있으면 스스로 좋은 상품이 되는 법을 배우게 될지도 모른다. 그래 나도 한 번쯤 근사한 상품이 되자고 다짐했다. 나는 내가 나가던 강사 자리를 시나리오 지망생인 친구에게 넘기고 그들의 제안을 받아들였다.

처음 얼마간은 순조로웠다. 하지만 두 달 전 나를 데려간 디자이너가 개인 디자인 사무실을 차리겠다며 회사를 그만두면서 나는 끈 떨어진 연처럼 허허로웠다.

"흠, 흠, 난 말이야. 자기 자리를 갖는 것이 중요하다고 생각해. 흠, 흠, 현경씨가 언제나 늦게까지 남아서 일을 한다고 해도, 그건 현경씨 일이 아니야. 더 좋은 곳이 있지 않을까."

어느 틈에 다시 내 뒤에서 유PD가 말했다. 그리고 이번에는 내게 아무런 터치도 하지 않고 밖으로 나갔다. 나는 그 좋은 곳이 바로 여기인 줄 알았어요. 내가 회사에 들어올 때 못마땅해하던 사람은 국장과 유PD였다. 유PD는 내가 이용당하는 거라고 말했다. 나는 그냥 피식 웃어 보였지만 속으로는, 조금만 더 지나면 누가 이용당했는지 알 수 있을 거라며 자신만만해했다. 하지만 그는 지금도 자꾸 내가 틀렸다고 말한다.

퇴근길에 나는 강을 만나 술을 마셨다. 오후에 할말이 있다던 국장은 들어오지 않았다. 새로 들어온 광고 시안이 마음에든 광고주와 술을 마신다고 했다. 국장이 들고 간 시안 중에는 내가 제안한 아이디어도 들어 있었다. 보통의 경우라면, 나는 칭찬을 받고, 그 술자리에 참석해야 했다. 그러나 국장은 하겠다던 말에 대해서는 언급도 없이, 별일 없으마 일찍 가라, 하고는 전화를 끊었다.

강은 나를 일본식 우동집에 데려갔다. 그곳에서 우동과 따뜻하게 데운 정종을 두 병 시켜 똑같이 나눠먹었다. 그러고 나서 맥줏집에 가서 차가운 맥주를 몇 병 더 마시고, 강 둔치로 차를 몰아 오뎅국물을 놓고 소주를 마셨다.

강은 나를 좋아한다고 했다. 나는 연애 따위에는 관심이 없다고 했다. 섞어 마신 술이 거북해 고개를 숙였을 때 강은 갑자기 나를 끌어안았다. 안 그래도 엉킨 속이 그의 갑작스러운 동작에 요동을 쳤다. 나는 더 참지 못하고 그의 양복에 토사물을 쏟아냈다. 그리고 난감해 어쩔 줄 몰라 하는 그를 남겨두고 돌아왔다.

집으로 돌아오니 새벽 한시가 넘은 시각이었다. 골목을 돌다가 뜻밖에도 나는 슬기와 마주쳤다. 그 늦은 시각에 골목에서 어린 계집아이와 마주치리라고는 상상도 못했기 때문에, 나는 엉망으로 취한 중에도 숨이 멎을 만큼 놀랐다. 하지만 슬기는 나를 보고 별로 놀라지 않은 기색이었다. 오히려 심심한데 잘됐다는 표정이었다.

"언니, 나랑 놀아."

"왜 아직도 밖에 있어? 고모, 아직 안 들어왔어?"

"아니."

슬기는 고개를 가로저었다. 그러고는 비밀처럼 내 귀에 대고 속삭였다.

"있잖아. 고모랑 삼촌이랑 꺼안고 있어."

그 말의 의미를 알아채는 데는 오래 걸리지 않았다. 갑자기 웃음이 터져나왔다.

"고모랑 삼촌이랑 안고 있을 때마다 이렇게 나와 있었어, 맨날?"

슬기는 나를 웃게 만든 것이 기분좋은지 신나게 고개를 끄덕였다.

"너나 나나 갈데없는 인생이기는 마찬가지구나."

나는 슬기의 찰랑한 머리카락을 살짝 쓰다듬고, 손가락으로 가만히 볼을 튕겨보았다. 작은 공을 만지는 기분이었다. 유PD도 내 볼을 만질 때 이런 느낌이었을까. 간지러운지 슬기는 몸을 꼬며 키득거렸다.

"슬기야."

한 번쯤은, 나도 다른 사람의 인생에 간섭해보고 싶었던 건지도 모른다.

"가겟집 할아버지 좋으니?"

잠깐이면 녹아 없어질 달콤한 사탕 따위에 넘어가서는 안된다고, 그 사람은 네게 사탕을 주려는 게 아니라 자신이 원하는 것을 가지려는 것이라고, 나는 그런 말을 해주고 싶었던 건지도 모른다. 그런데 슬기가 갑자기 울음을 터뜨렸다. 그러더니 콧소리가 잔뜩 들어간 애원조로 말했다.

"고모한테 이르지 마. 고모가 한 번만 더 가면 쫓아낸다고 그랬어. 할아버지 나쁜 사람 아냐. 그냥 나랑 놀아주는 거야. 언니, 이르지 않을 거지?"

역시 슬기는 알고 있었다, 무엇이 옳고, 무엇이 그른지. 나는 갑자기 화가 나서 슬기의 뺨을 세게 때렸다. 작은 볼이 발갛게 손 모양으로 금세 부풀어올랐다. 슬기는 너무 놀라 우는 것도 잊고 나를 쳐다보았다.

"너, 니가 사람들을 멋지게 속이는 거 같지? 웃기지 마. 니가 속는 거야, 알아? 바보. 멍충이, 천치."

다음날이 되어도 나는 회사에 나가지 않았다. 오후에 유PD가 전화를 했다. 나는 아프다고 했다.

"나, 술병 났나봐요. 어제 어떤 카피라이터에게 데이트 신청을 받았거든요. 그 사람은 내가 좋대요. 그래서 둘이 술을 계속 마셨더니, 기운이 하나도 없어요."

유PD는 가만히 듣고 있다가 혼잣말처럼, 마음이 허하구나, 했다. 그래요, 마음에 커다란 구멍이 생겼나봐요. 그 안으로 자꾸 바람이 새어 들어와서 시려 죽겠어요.

"나, 잘렸지요?"

전화기 속에 침묵이 감돌았다. 어제 국장이 하려던 말이 뭔지 나는 알고 있었다. 3개월 이상 아르바이트를 쓰는 것은 불법이었다. 나는 불법 아르바이트였던 것이다. 1차 해고 때 정리되지 않은 것은, 나를 쓰기로 한 디자이너 덕분이었다. 그가 회사를 그만두었을 때 알아서 그만두었어야 했다. 자신이 해고될지도 모른다는 것을 알았던 국장은 여러 가지 노력을 했다. 다른 팀에는 있지도 않은 인턴사원쯤은 정리해버려도 무방했다. 나도 그만큼은 짐작할 수 있었다. 인정하고 싶지 않았던 것뿐이었다.

나는 다시 방으로 돌아왔다. 꼭 외출했다가 길을 잃어, 잘 모르는 길을 종일 헤매다 온 기분이었다. 좀 피곤했다. 나는 하루종일 누워서 라디오를 듣고, 지겨워지면 비디오도 보았다. 더이상 시나리오 작가를 꿈꾸지 않는, 지금은 월 50만 원짜리 글쓰기학원 강사가 된 친구는 내게 영화를 추천해주지 않았다. 대신에 그녀는 부자가 되는 꿈에 대해서 이야기했다.

잘 맞는 복권을 사는 요령, 경마장에 가서 배팅을 할 때 성공할 확률, 은행별 금리에 대해서 이야기했다. 나는 그녀에게 돈 많은 남자를 만나 하루 세 번 마루의 먼지나 닦고 살았으면 좋겠다고 했다. 어쩌면 내 삶은 좋은 회사의 유능한 사원이 되는 것이 아닌, 다른 것으로 근사해질 수 있을지도 몰랐다. 안 되면? 친구가 물었다. 안 되면 죽지 뭐.

가끔은 유서를 쓰기도 했다. 그렇다고 정말 죽을 생각을 했던 것은 아니었다. 죽음에 대한 상상은 권태랄까 나른함이랄까 하는 것들을 잠시 소멸시키는 힘을 가지고 있었다. 죽는다고 생각하면 세상은 별것 아닌 것이 돼버리는 까닭이었다.

죽는 이유는 유서를 쓸 때마다 달랐다. 어떤 날은 가난을 견딜 수가 없어서 죽고, 어떤 날은 사랑하는 사람과 헤어져서 죽고, 어떤 날은 나를 받아주지 않는 이 사회에 대한 분노를 표시하기 위해서 죽었다. 그리고 대부분은 지루해서 죽었다. 마지막 이유는 언제나 마음에 든다.

그렇게 유서를 쓰고 나서는 반듯하게 누워 죽은 사람인 양 굴어보기도 했다. 그러다가 혼곤히 졸음이 찾아오기도 했지만, 그렇게 자고 나면 더러는 새 삶을 사는 느낌이 들기도 했다. 이제 누군가에게 전화를 거는 일 따위는 하지 않았다.

주인 남자는 내가 회사에서 잘리던 날, 병원으로 실려갔다. 병원에서 얼마 살지 못할 것 같다고 마음 준비를 시키더라며 곱게 늙은 주인집 여자는 날마다 눈이 퉁퉁 붓도록 울었다. 나는 그녀에게 진심으로 안타까운 마음을 표하고 싶었지만 그럴 수가 없었다.

대신에 반지하방 창문을 열고 눈높이에 맞추어 펼쳐진 마당을 보았다. 그러면 그 남자가 보았던 나무며 하늘이 내게도 보였다. 그렇게 마당을 혼자 차지하고 있노라니 조금 미안하기도 했다.

방안에 있으면 시간은 고요하고 평화롭게 흘렀다. 그래서 나는 문득 주인 남자가 이 마당에서 종일토록 본 것은 스멀스멀 피어나는 세월은 아니었으려나, 하는 생각을 하기도 했다. 가끔씩은 슬기가 지금도 구멍가게에서 눈깔사탕을 집어먹

으며 셈을 하는지도 궁금했다. 다른 것은 하나도 궁금하지
않았다.

이사

좋은 일과 나쁜 일은 언제나 같이 찾아온다. 나뿐만 아니라 다른 사람들에게도 그런 듯싶다. 내 경우에는 대개 좋은 일이 먼저 찾아온다. 그러고 난 후에 찾아오는 나쁜 일은 언제나 앞서 찾아온 좋은 일들을 취소시키거나 아무것도 아니게 만들어 버린다. 이번 여름에도 마찬가지였다.

　먼저 찾아온 좋은 소식은 도시개발공사에서 날아온 우편물이었다. 한강변에 새로 지은, 그래서 이름도 한강아파트인 곳으로 입주하라는 통지서였다. 한강아파트는 강변도로 바로 옆에 위치한 만큼 전망은 따져볼 필요도 없었고, 시내와의 거리를 따져보나 이용 가능한 교통수단을 따져보나 서울 시내 어디보다도 조건이 좋은 곳이었다. 평당 시세가 천만 원에서 조금 모자란다는, 다소 부풀려진 소문이 의심 없이 돌고 있었다.

물론 우리가 이사갈 곳은 그 단지 입구쪽에 들어설 임대아파트였다. 단지 내 다른 아파트에 비하면 형편없이 작은 열 평짜리였지만, 그러나 우리 가족에게는 충분한 호사였다. 10년 넘게 세 들어 살던 집이 철거되고 그곳에 새로 아파트가 들어서기까지 5년여 동안 무려 세 번이나 이사를 하며 떠돌면서 우리 가족에게 임대아파트 입주는 희망이었다. 임대료며 관리비를 다 합쳐도 지금 나가는 방세의 3분의 2 정도밖에 나오지 않는다고 했다. 무엇보다도 마음에 드는 조건은 그렇게 몇 년을 살고 나면 싼 가격으로 아파트를 분양받을 수 있다는 점이었다. 그 말은 몇 년 바짝 고생하면 우리에게도 집이 생긴다는 사실을 의미했다. 아파트 공사가 이런저런 이유로 중단될 때마다 여기저기 전화를 걸며 조바심을 내던 어머니는, 그 바지런한 조바심 덕에 입주통지서를 받기 몇 달 전에 입주금과 입주 가능한 날짜까지 미리 다 알아놓고도, 대문 앞에 따사로운 햇볕을 쬐며 누워 있는 우편물을 발견하자마자 봉투를 부여잡고 눈물을 글썽였다. 여기저기 전화를 걸어 나름대로 일정을 계산해놓은 어머니의 극성 때문에 이사는 한 달 전부터 준비되고 있었다. 통지서가 도착하기도 전에 집 안에 있는 살림살이의 절반은 이미 짐으로 꾸려진 상태였다. 어머니는 그 짐꾸러미 앞에 팔짱을 끼고 서서 이사는 바로 일주일 뒤, 라고 흐뭇하고 분명하게 통보했다.

그리고 나쁜 일이 일어났다. 도시개발공사에서 우편물이 도착하고 난 사흘 뒤, 누이와 내가 몰래 가진 자잘한 저금까지 모조리 거둬들여 어머니가 입주금을 내고 온 다음날, 그러니까 이사하기로 한 날 나흘 전에 일어났다.

부장은 급작스레 소집된 간부회의에 다녀와서 근심스러운 얼굴로 '조만간' 정리해고가 있을 '것 같다'고 말했다. 그러나 그 일은 다음날 곧바로 일어났다. 사람들은 출근길에 공지를 붙이는 용도의 게시판에 당일로 정리해고를 시작하겠다는 내용의 공고가 붙은 것을 보았다. 최근 몇 년 동안 사장 부친의 부고 외에는 공지가 붙어본 적이 없는 게시판이었다.

예상보다 이르기는 했지만 놀라는 사람은 아무도 없었다. 조만간 도산하리라는 소문이 경쟁업체들 사이에서 나돈 지도 벌써 1년이 넘었다. 아동물 출판사 중에서 탄탄한 일등이던 회사가 흔들리기 시작한 것은 한순간이었다. 원인에 대해서는 추측이 난무했다. 누구는 무리한 제작비를 들여 총천연색에 화려한 양장제본으로 출시한 어린이 학습백과 대사전이 실패해서 그렇다고도 했고, 누구는 신생 경쟁사가 발 빠르게 성장하는 속도를 막지 못해서 그렇다고도 했고, 또 누구는 학맥으로만 이루어진 관리체계가 문제라고도 했다. 창업주가 정치에 발을 들여놓으면서 사업을 돌보지 않아 그렇다고 말한 사람도 있었다. 모두가 나름대로 타당한 이유였다. 하지만 마지막 이유는 좀 달랐다.

정치에 발을 들여놓기 전부터 창업주는 이미 사세가 기울

때가 되었음을 판단하고 있었다. 창업 이후로 쑥쑥 올라가기만 하던 성장 지표가 슬슬 하향곡선을 그리기 시작할 때쯤 그도 서서히 사업에 흥미를 잃고 있었다. 때마침 모 정당의 공천 제의는 좋은 빌미였다. 어지간히 돈을 벌면 금배지나 달리라 진작부터 생각하고 있던 그였다. 그는 평등한 회사라는 경영 이념을 내세워 장성한 아들 대신 십 년간 그를 도와 회사를 키운 대학 후배에게 회사를 넘겼다. 경영에 대해서 일체 간섭을 하지 않는, 그저 일정 지분을 소유한 주주로만 남겠다고 했다. 밖에서 보기에 그는 합리적인 경영자였다. 그러나 속내는 그렇지 않았다.

그간 사업이 번창하면서 그 수익금으로 사들인 건물과 땅은 모두 창업주 개인 명의로 되어 있었다. 회사 건물도 그의 소유였다. 주주로 물러난 그가 자신이 설립한 회사에서 임대료를 받았음은 물론이고, 그가 쓰고 히트 친, 아직도 일 년에 만 부 이상은 거뜬히 나가는 몇 권의 아동물 인세도 여전히 받았다. 그러나 경영 일선에서 물러난 만큼 회사를 위한 투자금은 내놓지 않았다. 그의 모든 수입은 훨씬 안정적으로 늘어났다. 부도가 난다 해도 일선에서 손뗀 그에게 책임을 물을 리 없으니 최악의 경우라도 재산은 보전될 터였다. 나중에서야 창업주의 발 빠른 계산을 눈치챈 2대 사장은 기우는 사세에 책임을 지겠다며 사표를 내고 그에게 경영권을 돌려주려 했으나 원래대로 되돌려놓을 때까지 열심히 해보라는 격려와 함께 사표는 반려되었다. 창업주는 모든 책임에서 자유로웠다.

기우는 사세에 책임을 져야 했던 쪽은 무능하다고 찍힌 일부 사원들이었다. 공고가 붙은 바로 그날, 해고 대상자도 결정되었다. 해고 대상자를 가려내는 속도도 기가 막히게 빨랐지만, 통보 방법 또한 기발했다. 사장은 부서장들에게도 대상자를 알리지 않고 직접 전화로 대상자를 호출했다. 때문에 사람들은 혹시라도 자기 책상의 전화가 울릴까봐 전전긍긍하며 책상을 지켰다. 오지 않았으면 하는 것들을 기다리느라 시간을 보내는 것은 우스운 일이었다. 몇몇 남자 사원들은 어두운 복도에 나가 줄담배를 물었지만 귀는 자신들의 책상 전화에 매달아둔 채였다.

"세상에 너무 하지 않나. 팔리지도 않을 물건 찍어내라고 닦달을 해댄 게 누군데, 이제 와서 하루아침에 사람을 내쫓다니, 지가 그러고도 사장이야."

이렇게 불평을 하던 사람들은 모두 사장에게 전화를 받았다, 아이러니하게도.

"그래도 회사 문 안 닫고 정리해고에서 끝나는 게 다행이야. 야속하게 들릴지는 몰라도 한꺼번에 모두 거미줄 칠 수야 없잖아."

이렇게 말하는 야속한 사람들은 정말 다행스럽게도 전화를 받지 않았다.

정리해고 대상 원칙은 입사 3년 이내 신입 사원이었다. 예외는 물론 있다고 했다. 지금 중요한 일을 맡고 있는 '꼭 필요한 사람'은 입사 연수에 상관없이 남게 된다고 했다. 같은 이유로 별다른 일이 없는 '꼭 필요하지 않은 사람'은 해고하겠다고 했다. 사장의 9년 후배인 부장은 어제 퇴근길에 역시 같은 학교 후배들을 모아 술을 마시면서 격려했다. 선배 힘들 때 후배가 도와야 하는 거 아이가. 사장이 게릴라식으로 전화를 거는 동안, 부장은 '꼭 필요하지 않은 사람'이 맡고 있는 중요한 일들을, 별다른 일 없는 '꼭 필요한 사람'이 맡도록 인수인계시켰다. 서른두 명의 해고자 가운데 나는 맨 마지막으로 전화를 받았다.

이제 막 무더위가 시작되려는 7월의 끝 무렵이었다.

한강아파트는 모두 다섯 개 동이다. 각 동의 이름은 A, B, C, D 그리고 임대아파트인 F동. 원래는 E동이었는데 벽면에 글씨를 새기는 작업을 할 때 순간적인 착오로 획을 하나 빼먹은 건지 아니면 멋을 내어 쓰려다가 모양이 그렇게 되었는지는 모르겠지만 누가 봐도 벽면에 새긴 글씨는 E가 아니라 F였다. 하지만 도시개발공사에서 보낸 통지서에는 E동이라고만 적혀 있었지 획이 하나 빠진 듯 씌어 있으니 유의해서 살펴보라는 내용은 없어서, 입주할 집을 미리 구경하러 간 어머니는 한참을 헤맸다고 했다.

"시상에 그걸 보니께 을매나 기가 막히던지, 내가 가방끈은

짧아도 알파벳은 틀려본 적이 없는데, 암씨 봐도 E동이 있어야지. 해서 관리사무소 가서 물어봉게 저그 안 있남서 가리키는데 봉게 그게 에푸동여야. 암만 임대아파트 사는 처지라고 해도 그렇지 에푸동이 뭐다냐. 나두 대학 나온 아들이 있는데 에푸가 뭔지 왜 모르겄냐. 그게 다 우덜이 낙제인생이라고 깔보는 거 아니겄냐 말이시. 속창아리가 다 뒤집어져서 소장한테 소락대기 한번 지를라구 팔을 안 걷어붙였겄냐.”

어머니가 싸우는 모습은 보지 않아도 눈앞에 선하다. 기차 화통을 네댓 개는 삶아먹어도 모자랄 목청으로 일단 판세를 장악한 다음, 상대가 남자라서 급한 마음에 주먹을 쥐면 맞고 드러눕겠다는 의사를 여실히 드러내 보이며 작고 뚱뚱한 몸매를 들이밀고, 상대가 여자라서 덩달아 목청을 돋우면 함께 싸우기가 민망할 만큼 상소리를 던지는 것이다. 어머니는 싸움에서 져본 적이 없다.

“글구 인제 우리는 세입자 처지가 아니잖냔 말이다. 당장이야 세를 내지만 조만간 턱 사버릴 테니께 우찌되었거나 내 집이 아니냐 말이다. 왜 지들이 내 집 간판에 에푸 딱지를 떡 붙이냐 말여, 안 그냐? 내가 관리사무소를 한판 다 뒤엎어놓고 안 왔냐.”

그리고 어머니는 아무 일도 없었다는 듯 태평한 얼굴로 다시 묻는다.

“근디, 너 이삿날도 회사 가야 하냐? 짐도 벨스럽게 없는데 돈 주고 사람 사기는 좀 아까워서 말여."

　나는 이따금 어머니 혈관을 흐르는 피의 내력이 궁금해진
다. 피를 내린 사람을 찾다보면 어느 혈기왕성한 장군 두엇쯤
나오지 않을까. 그만큼 어머니는 전투적인 기질이 강하다. 아
니 그것은 기질이 아니다. 어머니는 전사이다. 어머니를 조금
이라도 아는 사람이라면 누구나 공감하는 사실이다. 싸울 때
어머니의 눈빛에서 피어오르는 전의를 보노라면 위기일발의
전쟁터를 앞장서서 지휘하는 장군의 그것이 저보다 더 맹렬할
까 싶은 탄복이 절로 나왔다. 굶주린 야수가 먹이를 향해 달려
드는 듯한 비장함. 그것이 타고난 천성인지, 아니면 서른둘에
쥐방울만한 자식 둘 달고 청상이 된 순간부터 살기 위해 택한
방편인지는 모를 일이다. 내 유년의 첫 기억에도 어머니는 누
군가와 싸우고 있었으니까. 싸움의 전조가 될 만한 시비를 거
는 쪽도 대개는 어머니였다. 특별한 이유랄 것도 없었다. 이유
라면 전의를 가다듬은 순간 수십 가지는 뚝딱 만들어낼 수 있
는 사람이 어머니였다. 얌전히 발꿈치를 들고 옆을 스치는 행
동에도 시비를 걸 수 있었다. 따로 가리는 상대도 없었다. 마
땅한 주위 사람을 찾지 못하면 어머니는 내게 싸움을 걸어왔
다. 어려서는 그런 어머니가 얼마나 싫었는지 모른다. 무당이
한바탕 살풀이춤을 추듯 그렇게 신명나게 싸우는 어머니를 볼
때마다 나는 꼭 그만한 증오를 퍼붓곤 했다. 하지만 지금의 나
는 어머니에게 완전히 투항했다. 누구도 어머니와 싸워 이길

수는 없다. 어머니와는 싸우지 않는 것이 승리라면 승리이다. 해서 나는 마땅히 그럴 참이었다며 고개를 끄덕였다.

어머니는 내가 해고된 사실을 모른다. 해고된 다음날도, 그 다음날도 나는 여느 출근 때와 다름없이 여덟 시쯤 대문을 나섰다. 물론 회사에 가는 것은 아니었다. 해고통지를 받고 나오면서 내가 맨 처음 결심한 것은 당분간 식구들에게 이 사실을 알리지 말자였다. 식구들이 받을 충격 따위를 염려한 결정은 아니었다. 그보다는 해고 사실을 알렸을 때 나올 법한 식구들의 반응이 귀찮았다. 솔직히 말하자면 나는 해고를 다행스럽게 여기고 있었다. 내 의지대로 사는 것이 가능했다면 진작에 내 손으로 제출했을 사표였다. 아니, 정말로 내 의지대로 사는 것이 가능했다면 아예 취직조차 안 했을지도 모른다. 해고를 나쁜 일이라고 받아들인 것은 순전히 어머니의 입장에서 바라본 시각이었다.

6개월간의 군대생활을 포함해 모두 5년간의 대학생활 동안 줄곧 내 꿈은 룸펜이 되는 것이었다. 하지만 불행하게도 나는 가난한 집안의 장남으로 태어났다. 아버지는 내가 열두 살 되던 해, 그때만 해도 초등학교 5학년인 내게 단칸 월세방과 빚과 아주 어린 누이와 젊은 어머니를 남기고 달려오는 자동차에 치여 죽었다. 그렇다고 그 즉시 내가 가장이 된 것은 아니었다. 그때부터 어머니가 했던 일은 다채롭다. 극장 청소부로 시작한 어머니가 가장 오래 한 일은 요즘식으로 말하면 산후조리 도우미였다. 한때는 구리무아줌마와 세탁기아줌마로 활약하기도 했지만 예의 그 싸움 좋아하는 성미 탓에 고객을 확보하지 못하고 결국은 다시 가정집과 식당을 전전하는 파출부로 되돌아왔다. 내가 맡을 가장의 의무를 보류시키기 위한 어머니의 눈물겨운 노력을 생각하면 절로 머리가 숙여진다. 하지만 그뿐이다. 나는 단지 감사할 뿐이다. 감사하고 있다는 말과 의무를 떠맡겠다는 말은 다르다. 아직까지 어머니는 내게 가장의 책임을 떠넘기지 않았지만, 조만간 그렇게 될 미래를 생각할 때마다 나는 아득하다. 형편에 맞지도 않는 대학을 보내준 데는 그런 책임과 의무를 강요하려는 뜻도 숨어 있었다. 그렇더라도 나는 할 수 있는 한 그 미래를 늦추고 싶었다. 식구들 눈치를 피해 지방대 졸업장으로는 꿈도 못 꿀 곳에나 이력서를 들이밀며 이런저런 핑계로 구직 활동에 불성실한 나를 취직시킨 사람은 어머니였다. 어머니는 신문과 구인지와 수소문 등등 할 수 있는 모든 방법을 동원하여 알아낸 곳에 끊임없이 내 이력서를 접수시켰고, 내 등을 떠미는 일에 결국 성공했다. 그렇게 시작한 직장생활이 순탄했을 리 없다. 자연히 3년 4개월간의 직장생활 동안 내 바람은 오직 자연스러운 퇴사였다. 그런 면에서 해고는 내가 미처 생각해내지 못한 묘안이었다. 이 기가 막힌 자유를 마다할 까닭이 없다. 더구나 회사는 내게 법이 규정하는 최저 보상인 두 달간의 임금과 약간의 퇴직금을 어머니 모르게 주었다. 고용보험이 보장하는 실업급여까지 계산한다면 계획보다도 더 오래 살아낼 수 있을지 몰랐다. 나는 식구들 모르게 이 자유와 돈을 충분히 즐길 참이었다.

　이사를 하던 날은 유난히 더웠다. 동원된 인력은 철거되기 전 주인집이던 미정 아빠와, 같은 집에 세 들어 살던 민석 아빠였다. 아무래도 돈 주고 사람을 사기는 아까웠던 어머니는 여느 때보다 살갑게 두 사람을 대하며 차가운 음료수를 사온다, 저녁에 고기를 굽는다 수선을 떨었다. 그러면서 입으로는 연신 그들의 일솜씨를 침이 마르게 칭찬해댔지만 어느새 중년에 가까워져서 장정이라기엔 뭣한 두 사람과 함께 짐을 나르는 일은 이만저만한 고역이 아니었다. 짐을 하나 올릴 때마다 등에서는 소나기 같은 땀이 흐르고 입에서는 단내가 났다. 그나마 짐이 많지 않아서 다행이었다. 이불보따리를 마지막으로 짐 나르기를 끝내고 안으로 들어가자 이번에는 민석 엄마와 미정 엄마가 어머니에게 붙들려 세간 정리를 하고 있었다. 아직 이사올 날짜도 잡지 못한 민석 엄마는 세간 정리를 거들면서 거푸 한숨을 쉬었다. 지금 살고 있는 전세방을 내놓은 지 몇 달이 지나가는데도 나갈 기미는 보이지 않고, 집주인은 방이 나갈 때까지 전세금을 빼줄 수 없다고 버티고 있다며 그녀는 속상해했다. 주인집이었던 만큼 50평짜리 아파트를 분양받아 일찌감치 이사온 미정 엄마도 고민이 있었지만 조금 색다른 데가 있었다. 집주인이긴 했어도 부모에게 물려받은 집 한 채가 전부일 뿐, 미정 엄마의 형편이라고 우리보다 더 나을 것도 없었다. 그래서 미정 엄마는 스웨터 짜기나 단추 달기, 구슬 가방 만들기 등 가내 부업이라면 안 해본 일이 없었다. 가내 부업이 떨어지면 더러는 파출부를 나가기도 했다. 그런데 이제 고급아파트에 살게 되니 부업거리를 주던 데서도 일을 주기를 뜨악해할 뿐 아니라, 막상 일거리를 받으면 그걸 아파트로 가져오기가 영 무안스럽다는 것이었다. 그래서 파출부를 나가볼까 해서 소개를 받았더니 바로 자기네 아래층이었단다. 무엇보다도 색다른 고민은 도대체 전에 쓰던 살림살이 중에서는 50평짜리 아파트에 어울리는 물건이 단 하나도 없더라는 것이었다. 미정 엄마의 고민도 이해되지 않는 고민은 아니었다. 하지만 그 고민에는, 그래서 새로 50평짜리에 맞는 살림을 장만했다는 것과, 가내 부업을 하는 대신 홈드레스를 입고 야경을 바라보는 자신의 새로운 처지에 대한 자랑이 은근히 숨어 있음을 눈치챈 어머니는 부잣집 화장실만한 집에 와서 그거이 무신 호사스러운 투정이냐며 기어이 한소리를 했다.

"근데 아줌마, 이상한 소문 들리데요?"

어색한 분위기를 무마시키려는지 민석 엄마가 화제를 바꾸었다.

"뭔 소문?"

"이 아파트, 나중에 우리한테 안 판대요."

"그거이 무신 자다 봉창 두들기는 소리여? 몇 년 살면 전셋값에 판담서 미리미리 돈들이나 장만하라구 조합장이 안 그랬남?"

"근데 그게 그렇지 않은가봐요. 실은 내가 계약금이라도 좀 내두려고 간 김에 물어봤거든요. 언제쯤 우리한테 파냐구. 그랬더니 거기 직원이 눈이 쟁반만해져갖구 무슨 소리냐구 나한테 도로 물어보는 거예요. 그래서 몇 년 살면 임대한 사람들에게 싼값에 판다고 그러더라 했더니, 그 사람이 대뜸 미쳤수? 하는데 날 도둑년 쳐다보듯 하더라니까요."

"싸가지 없는 놈."

"어쩌겠어요. 없는 게 죄지. 난 얼굴이 화끈거려서 얼른 뒤돌아 도망친 걸요, 뭐."

그쯤까지만 듣고 나는 밖으로 나왔다. 공연히 얼쩡거렸다가는 불똥이 내게 튈지 몰랐다. 민석 엄마의 말은 내게는 놀라운 사실이 아니다. 어머니가 몇 년만 살면 임대아파트도 분양을 한다더라 했을 때부터 수상쩍게 여겨오던 터였다. 나라에서 그렇게 쉽게 집을 마련해주는 경우는 들어본 적도 없다. 그런 말을 믿다니…… 그럴 때 보면 어머니는 너무나 순진하다.

엘리베이터가 있는 복도 한쪽에서 담배를 한 대 피워물려니 일하기 싫어 꾀를 부리던 누이가 쪼르르 따라 나온다. 누이는 아직 고등학생이었다.

"오빠 저거 봤어?"

아파트 정문을 들어서면 오른편에 상가건물이 있고 그 바로 뒤에 우리가 이사온 F동이 있었다. 나머지 동은 좀더 안쪽에, 전망을 고려해서 모두 한강을 향해 서 있었다. 누이가 나를 잡아끈 창에서 바라보면 뒤로 돌아서 있는 아파트 전경이 한 눈에 들어왔다. 마른 팔을 쭉 뻗으며 누이가 가리키는 곳은 등을 지고 선 앞 동, D동의 오른쪽 끝이었다. D동과 F동 사이에는 D동 입주민을 위한 주차장과 F동 아이들을 위한 놀이터와 역시 F동 입주민을 위한 주차장이 자리잡고 있었다.

"어디?"

"저기 말야. 주차장 끝에."

대체 뭘 보라는 것이냐며 모르는 척했지만, 나는 누이가 가리키는 것이 무엇인지 알고 있다. 그것은 울타리였다. 동선으로 보자면 우리 동은 정문과 가장 가까운 자리였지만 실제로 걸어보면 그렇지가 않았다. 정문 바로 옆에는 F동을 위한 통로가 없기 때문이다. 길이 나 있어야 할 자리를 화단과 키 작은 나무로 울타리를 대신한 놀이터가 가로막고 있었다. D동 주차장을 따라 놀이터를 한 바퀴 돌아야 F동 출입구가 나왔는데, 어찌된 일인지 D동 주차장이 끝나는 지점에는 통행금지 푯말과 함께 쇠사슬이 걸린 바리케이드가 놓여 있었다. 그 사슬은 차량의 통행만을 금지하는 것이 아니라는 의사를 확고히 하기 위해서인지 놀이터 턱을 밟고도 몸을 비스듬히 틀지 않으면 지나갈 수 없도록 되어 있었다. F동으로 들어오는 차량은 정문에서 50미터쯤 떨어진 데로 난 샛길을 이용해야 했다. 일종의 전용도로였다. 그러고도 불안했던지 정문에 '임대아파트 F동

차량은 옆 통로를 이용하시오'라고 적은 안내문을 붙여놓음으로써 F동은 임대아파트임을, 다른 동과는 전혀 격이 다름을 친절하게 설명하고 있었다. 행정상으로 우리는 한강아파트에 살지만, 정작 한강아파트 주민은 아닌 것이다. 하기야 시각적인 면을 고려하여 아파트 측벽마다 곱게 그려놓은 무지개도 F동에는 그려져 있지 않았다.

"임마, 우리는 행랑채야. 머슴이 대문 열고 들어오는 법 있디?"

나는 하, 하 호탕하게 웃고 싶었지만, 그만 헛, 하고 웃고 말았다.

이사를 마친 다음날부터 나는 다시 출근했다. 회사 대신 내가 다니는 곳은 집에서 멀지 않은 시립도서관이었다. 우연히 발견하게 된 곳이었다. 그곳을 알게 되기 전에는 여러 곳을 돌아다녔다. 가장 먼저 다니던 곳은 노동사무소였다.

12개월 이상 고용보험을 납부하고 18개월 이상 근무한 사람이 본인의 잘못이나 의지와는 상관없이 회사 사정으로 해고되면 일정액의 실업급여가 지급된다. 알아본 바에 따르면 내가 받을 수 있는 실업급여의 총액은 내 한 달 월급과 맞먹었다. 자유를 누리려면 우선 주머니가 두둑해야 한다고 믿고 있던 내가 그 돈을 놓칠 리 없었다. 헌데 그 돈을 받기가 생각처럼 쉽지가 않았다.

실업급여를 받으려면 우선 구직등록을 해야 했다. 구직신청서에는 경력사항과 원하는 직종, 그리고 최저희망임금을 기재하게 되어 있었다. 나는 구직신청서에 원하는 직종으로 출판업을, 최저희망임금은 해고 당시 받던 연봉에서 150만 원 정도를 더 올려 적었다. 이전 회사에서는 재정상의 어려움을 이유로 2년째 임금이 동결되었기 때문에 같은 경력의 동종업계 근무자들은 나보다 최저 300만 원 정도를 더 받았다. 따라서내 요구는 그다지 부당하다고 할 수 없었다. 하지만 문제는 거기에서 발생했다. 짧은 파마머리의 직업지도관은 내 구직신청서를 보고는 피식 웃더니 내게 물었다.

"그러니까 사무직이면 되는 거죠?"

"네, 그런 셈이긴 하지만……."

대답을 들으려고 한 질문도 아니었다는 듯이 내 말이 미처끝나기도 전에 출판업에 밑줄을 두 번 찍 긋고, 사무직으로정정.

"퇴사하신 회사에서 얼마나 받았어요?"

그러면서 내가 원한 급여에 빨간 줄을 긋고, 이전 연봉보다도 200만 원 깎아서 정정. 그러고는 수급자격신청서와 구직활동일지를 준다.

"퇴사일에 상관없이 신청하고 2주간은 대기기간이에요. 이구직활동일지를 기록해서 2주 후에 다시 오시면 구직활동심사 후에 수급자격자증을 발급해드릴 거예요. 구직활동일지는아주 자세히 적으셔야 해요. 언제 어디에 이력서를 제출했다든가 면접을 봤다든가 하는 식으로요. 전화문의만 하시면 인정 안 해드려요. 수급적합 판정을 받으면 실업급여는 14일마다 지급돼요. 물론 14일마다 출석하셔서 마찬가지로 구직활동 심사를 받으셔야 합니다."

"14일요? 아니 그 짧은 기간에 구인광고를 낸 회사가 없으면 어떡하죠?"

"구직활동이 없으면 실업급여는 지급되지 않아요. 먼저 아래 유의사항을 읽어보세요."

그렇게 해서 읽어본 유의사항. 직업지도관이 적당하다고 말한 직종이나 조건 대신에 자신의 희망직종이나 조건을 고집하면 구직의사가 없는 것으로 간주하여 실업 불인정을 받는다. 부업이나 아르바이트로 소득이 발생한 경우에는 반드시 신고해야 하며, 이 기간에 실업급여는 지급 중지된다. 만약 신고하지 않았다가 발각되면 지급분은 회수되고 벌금이 부과된다. 그러니까 실업급여를 온전히 받으려면 몇 개월이 걸리든 이력서를 내러 가는 일 외에 돈이 될 만한 어떤 경제 행위도 해선 안 되는 것이다. 심지어는 직업훈련을 받는 중이라도 직업지도관이 취업알선을 하면 반드시 그에 따라야 했다. 직업을 갖는다는 의미는 경제적 수입원을 얻는다는 것 외에 개인의 능력이나 자아를 실현할 수 있는 기회를 갖는 것이라는, 초등학교 교과서에도 나오는 상식은 전혀 통하지 않는, 반칙 규정이 너무 많은 경기였다. 세상에 이런 식의 보험도 있나.

"이 제도, 이의신청하려면 어디 가면 됩니까?"

"질문 있으세요? 이해 안 되는 부분이 있으면 일단 저에게 말씀해보시죠. 참, 이 안내문도 한번 읽어보세요."

내 흥분에는 아랑곳없다는 듯이 생글생글 웃으며 직업지도관이 내민 복사물은 대기업 이사 출신이 용역직도 마다않고 구직활동을 벌이고 있다는 신문기사 내용이었다. 나는 내가 정리해고 되었다는 사실을 잠시 망각하고 있었던 것이다. 분수를 알고 날뛰라는 이야기겠지. 나는 그녀의 유연함에 쉽게 기가 꺾여 더는 아무런 대꾸도 못하고 밖으로 나왔다. 하기야 내가 항의를 하다니. 싸움은 어머니의 몫이지 내 몫이 아니다. 대학에 다닐 때도 그 흔한 데모 한번 하지 못한 내가 아니던가. 내 꿈과 이상을 관공서에서 설명하려 들다니. 순진함에 관한 한 나는 어쩔 수 없이 어머니의 아들이다.

실업급여를 받는 일은 포기했다. 꼬박꼬박 출석해서 액이라도 올려줄까 싶은 생각이 안 드는 것도 아니었지만 그러기에는 관할 노동사무소가 너무 멀었다. 서울의 행정구역은 어떤 기준으로 나뉘는 건지, 집에서 제일 가까운 관할사무소를 가려면 버스를 타고 두 시간은 족히 걸렸다. 대신에 나는 극장과 만화방과 기원과 당구장과 공원을 돌아다녔다. 가끔 서점을 다니기도 했다. 서점에서 내가 주로 읽는 것은 잡지였는데, 시사주간지부터 여성지까지 장르를 가리지 않고 섭렵했다. 그러다가 발견한 곳이 시립도서관이었다. 이십 대를 위한 잡지에는 종종 백수를 위한 갖가지 생활 아이디어들이 실리곤 했는데, 그 가운데 백수를 위한 명소로 한 번도 빠지지 않은 곳 하나가 바로 시립도서관이었다. 지은 지 얼마 되지 않아 건물도 깨끗하고, 책 읽는 일 외에 다양한 소일거리도 가능하게 해주는 곳이라고 했다. 선착순 이백 명 안에만 들면 시중에 있는 비디오가게보다 다양한 영화테이프들 가운데 하나를 마음대로 골라 무료로 감상할 수 있는 비디오실도 있고, 인터넷도 공짜라고 했다. 무엇보다도 집에서 가깝다는 점이 마음에 들었다. 나는 흔쾌히 도서관으로 출근하기로 결정했다.

도서관은 잡지에서 설명한 것보다 훨씬 깨끗했다. 하지만 그것 외에는 기사 내용과 다소 달랐다. 소장 비디오가 많은 것은 사실이지만 주로 지루한 예술영화 중심이어서 선택의 여지가 많지는 않았고, 인터넷 열람실에 있는 모니터들은 전부 사서를 향해 있어서 젖가슴과 허벅지를 드러낸 여자들로 가득찬 광고 창을 실수로라도 클릭하지 않도록 조심해야 했다. 그래도 나는 그곳이 마음에 들었다. 어디로 가야 할지 더는 고민하지 않아도 된다는 사실이 우선 좋았다. 나는 그곳에서 오전 내내 비디오와 인터넷을 섭렵했다. 도서관 식당에서 파는 점심은 천오백 원. 가격에 비해 양도 푸짐했고 맛깔스러웠다. 점심을 먹고 나면 자판기에서 커피 한 잔을 뽑아 도서관 마당에서 해바라기를 했다. 해바라기를 하다보면 항상 피아노 소리가 들렸다. 오전중에는 도미솔도미솔 건반만 반복해서 누르다가 점심때쯤이면 엘리제를 위하여나 소녀의 기도 따위 곡이 들리고 저녁때쯤에는 제목은 모르지만 좀더 난해한 곡들이, 그렇지만 역시 서툴기 짝이 없는 손놀림으로 연주되었다. 커피 한 잔과 담배 한 개비와 서툰 피아노의 선율. 그 고즈넉한 평화!

집에 들어가는 시간은 대개 일정했다. 그것은 어머니도 마찬가지였다. 어머니는 어디로 일을 나가느냐에 따라 귀가시간이 달랐다. 가정집으로 나가면 조금 일찍 들어왔고, 식당으로 일을 나가면 조금 늦었다. 하지만 이사온 후로는 나보다 한발 앞서 들어오곤 했다. 가끔은 아예 일을 안 나간 것처럼 보이기도 했다. 하릴없는 표정으로 화투패를 맞춰 운수를 떼보거나 놀러 온 민석 엄마와 어울려 끝도 없는 수다와 한숨을 늘어놓았다. 마음이 급했던지 전세금이 빠지기를 채 기다리지 못하고 빚을 얻어 이사온 민석 엄마는 걱정이 많았다. 초등학교 5학년이 된 민석이 때문이었다.

"아줌마, 요즘 애들은 왜 그러는지 모르겠어요. 전에는 같이 잘 놀던 아이들이 아파트로 이사와서부터는 놀지를 않는대요. 앞 동 사는 애들은 앞 동 애들끼리만 어울리고, 임대아파트 사는 애들하고는 안 논대요. 아무래도 일루 괜히 이사온 거 아닌지 모르겠어요."

"지덜끼리 뭔가 감정 낸 일이 있겠지. 틀림없이 벨시랍토 않은 일 가지고 툭툭 싸움질한 걸 가지고 민석 엄마가 오해한 거여."

"그렇지도 않아요. 강남에 있는 학교에서는 아예 청소도 좋은 아파트 사는 애들하고 아닌 애들하고 따로따로 시키고 그런대요. 좀더 두고 봐서 이사갈까 싶어요. 어차피 내 집 될 것도 아니라는데 공연히 나 살기 편하자고 애들 주눅들일 필요 있나 싶기도 하고."

"그런 선생은 평생 선생질 못하게 만들어야 허는디."

"없어서 서러운 일이 어디 그거 하나예요? 따지고 들면 내 속만 상하니까 그저 마냥 다 속고 사는 거지. 참 아줌마, 관리 사무소에는 얘기해보셨어요?"

"뭘?"

"요기 앞 동에 길 막아놓은 거. 항의 한번 하신다고 펄쩍 뛰시더니⋯⋯."

"으응. 그거 뭣할라고 항의를 해. 화단이 꼭 계단짝맹키 생겨서 그쪽 딛고 잘들 댕기더만, 어차피 그거 치봐야 글루는 멀어서 댕기기나 허겄어, 워디."

그러더니 어머니가 멋쩍게 피식 웃으며 말을 보탠다.

"생각해봉게. 여그도 셋집 아니냐 말여. 사무소가 일종의 주인 아니겄어. 밉보여 좋을 거 뭐 있남. 민석 엄마야 애들 핑계라도 있지만, 난 인제 이사 댕기기도 구찮고, 셋집이라도 뼈 묻을 집 하나 있음 좋겄다 싶어서. 참 요사스럽지, 맴이?"

정말 요사스러운 일이다. 어머니가 싸움을 포기했다니. 누군가와 싸운다는 것은 어머니에게 삶의 원동력 같은 거였다.

내 집도 아닌, 내 집이 될 거라는 희망도 사라진 열 평짜리 아파트를 잃게 될까봐 싸움을 포기했다는 사실은 요사스럽게 쓸쓸한 일이다.

하지만 그보다 더 나를 쓸쓸하게 만드는 것은 날로 날로 가벼워지는 통장의 잔고였다. 게다가 지난 한 달 동안의 자유를 통해 내가 얻은 결론은 룸펜도 아무나 할 수 있는 일이 아니라는 거였다. 짙은 화장에 미니스커트만 입으면 패션이고 감각인 줄 아는 촌부처럼 나의 룸펜 생활은 내가 봐도 어색하고 촌스러웠다. 비디오도 인터넷도 점점 흥미가 없어지고, 해바라기를 하는 시간만 길어졌다. 그렇다고 벌써 포기하고 싶은 맘은 없었다.

나는 날마다 새로운 놀이를 찾아내려 애썼다. 하루는 해바라기를 하다가 피아노 소리를 따라 무작정 가보았다. 도서관 건너편에 자리한 3층 건물의 2층에 있는 피아노 학원이었다. 열린 창문 틈으로 단발머리 여선생이 보였다. 그녀는 작은 막대로 피아노 윗부분을 톡톡 두들기고 있었다. 얼핏 보기에는 박자를 맞추는 것 같았지만, 실제로는 다른 몽상에 빠져 있음은 멀리서도 한눈에 알 수 있었다. 뜨거운 여름 햇살과 나른한 오후와 피아노 소리와 지루한 눈빛. 이제 스물을 몇 해 넘기지 않은 듯 앳된 그녀가 이따금 신경질적으로 넘기는 검은 생머리. 여선생과 연애를 해보는 것은 어떨까. 그때였다.

"니 시방 여기서 뭣허냐."

어머니이다. 네댓 개의 화통이 일시에 폭발하는, 내 은밀한 자유가 깨지는 소리!

여름도 거반 끝나갈 무렵, 나는 다시 한번 이삿짐을 날라야 했다. 이사를 나간 것은 민석이네가 아니라 미정이네였다. 살림살이까지 몽땅 다 바꾸고 멋지게 살아보기로 작정했던 미정 엄마였지만 한 달 생활비에 맞먹는 관리비를 내기가 만만치 않았던 모양이었다. 그렇다고 아파트를 팔기는 아까웠던 미정 엄마는 젊은 부부에게 전세로 집을 내주고 그 전세금으로 전부터 부업거리를 주던 공장 근처 양옥집 2층으로 세 살러 갔다. 집만 좋은 거 생기면 뭐해. 들어오는 수입은 맨날 그게 그건데. 재개발을 하게 되면 근사한 아파트가 공짜로 생기게 될 거라는 말에 솔깃했던 미정 엄마는 그 좋은 아파트에 살지도 못하고 도로 이사 나가게 된 것이 영 속상해 죽겠는 눈치였다. 하긴 세상에 공짜가 어딨다구, 내가 미쳤지. 뭔가 미정 엄마를 위로해줄 만한 말을 하고 싶었지만 마땅한 말이 떠오르지 않았다.

미정이네 이삿짐을 부리고 돌아오는 길은 정문을 통해서이다. F동 사람들은 차량으로 통행할 때가 아니면 절대로 샛길을 이용하지 않는다. 그렇다고 바리케이드를 치우거나 치워달라고 요구한 적도 없다. 정문 옆에 있는 층이 진 화단을 계단처럼 밟고 다닌다. 원래가 스스로 자기 길을 만들며 살아야 했던 사람들이라 그런 일쯤은 손쉬웠다. 사라진 것은 정문에 붙어 있던 안내문뿐이다. 장난 많은 아이들이 '임대아파트 F동'이라는 문구에 적힌 F 옆에 슬쩍 세로획을 하나 더 그어 '임대아파트 A동'으로 고쳐놓았다. 단지 내에서 가장 비싼 A동과 F동이 고작 획 하나로 똑같아지자 누군가 안내문을 떼어버렸다.

이제 나는 벌을 설 차례이다. 어머니가 내게 내린 벌은 간단했다. 이제부터 이 집안의 가장이 될 것. 나는 가을이 오기 전에 전자제품에 들어갈 부품을 조립하는 회사에 취직했다. 관리 사무직이었고, 내가 원한 급여보다 200만 원쯤 적게 받는다. 직업지도관의 혜안이 놀라울 따름이다.

사루비아

그 여름, 비가 내리지 않았다. 시작부터 좋지 않은 여름이었다. 오리라던 장마는 오지 않고, 내내 먹장구름만 하늘을 덮고 있었다. 가끔씩 금세 폭우라도 쏟아질 것처럼 한낮의 거리가 캄캄해지기는 했지만, 정작 비가 온 날은 없었다. 마른장마라고 했다. 끝 무렵에 이번에는 틀림없이 비를 동반한 태풍이 온다고, 뉴스에서 날씨를 전해주는 기상캐스터들이 흥분했지만 역시 들어맞지 않았다. 무서운 기세로 올라오던 태풍은 이 땅에 닿자마자 무슨 기운에 놀랐는지 남녘 끝 언저리만 슬쩍 적시고 소멸했다. 때문에 여름은 내내 덥고 후텁지근하고 조용했다. 날씨가 수상하니 오가는 사람들조차 모두 비밀을 잔뜩 껴안은 표정으로 웅숭거리는 듯 보였다. 뭔가 일어날 듯 일어나지 않는 일처럼 사람의 신경을 건드리는 것도 없는 법이다.

사방 곳곳에서 불쾌지수가 햇빛보다 더 강렬하게 솟구쳤다. 대상도 까닭도 없는 증오가 골목 사이에서 탁탁 작은 불씨처럼 튀곤 했다. 그 불씨가 처음 피어오른 것은 대림아파트 102동 아파트 복도 맨 끝 현관이었다.

아, 이거요. 선인장이에요. 이름은 몰라요. 그냥 선인장이에요. 예쁘죠? 요 앞에 새로 개업한 꽃가게에서 사람들에게 선물로 나눠주고 있길래 저도 하나 받아왔어요. 마음에 드시면 드릴까요? 저는 다시 받으면 되니까요. 선인장은 기르기도 아주 쉬워요. 물을 자주 줄 필요도 없고, 따로 비료를 달라고 아우성치는 것도 아니고. 이렇게 오종종하게 작은 것도 있고 종류별로 다양하니까 장소를 많이 차지하지도 않아요. 널찍한 베란다가 있어서 좀 큰 놈으로 골라 화분에 심고 늘어놓을 수 있으면 좋겠지만, 공간이 좁다면 그냥 이렇게 작은 화분 하나만 책상 같은 곳에 올려둬도 괜찮죠. 보기에도 좋잖아요. 그리고 그거 아세요? 선인장은 전파를 차단한대요. 요새 텔레비전이다 컴퓨터다 집에 가전제품이 좀 많아요. 거기서 알게 모르게 쏟아지는 전자파들이 사람 몸에 그렇게 해롭다잖아요. 그런데 이 녀석이 그런 전자파들을 싹 흡수한대요. 그러고 보면 식물은 참 신기해요. 아무 까탈도 안 부리면서 별 재주를 다 피우니까요. 요새 유행하는 허브 같은 식물은 집안에 두면 은은한 향기가 퍼져요. 허브 화분 몇 개만 있으면 방향제 같은 건 따로 쓸 필요도 없어요. 그러면서 두통도 낫게 해주고, 불면증도 치료해줘요. 요새 새집증후군이다 뭐다 말들이 많은데, 그럴 때도 허브 화분이 좋아요. 저도 설마, 하면서 길러본 건데 깜짝 놀랐잖아요.

뾰족한 가시 때문에 선인장이 싫으면 꽃을 한번 길러보실래요? 마침 제가 꽃씨를 좀 가지고 있는데 원하시면 나눠드릴게요. 꽃씨부터 심는 게 재미는 더 좋아요. 의외로 간단해요. 꽃가게에 가서 배양토를 구해 화분에 채우고 3, 4센티미터 깊이로 꽃씨를 묻으면 끝나요. 배양토라는 거 이삼천 원밖에 안 해요. 그도 귀찮으면 아파트 화단에 있는 흙 좀 퍼다가 화분에 담아도 되고요. 어디 김선달이 살아서 아파트 흙이 죄다 지 거라고 우기는 것도 아닐 테고, 화단을 통째로 퍼내는 것도 아니고, 고작 화분에 들어갈 몇 움큼이나 집어내는 거니 그런 것쯤이야 누가 지나가면서 본다고 해도 아무 말 안 해요. 혼자 있기 마음 쓸쓸하고 그럴 때 식물들 자라는 거 보고 있으면 좀 위로가 돼요.

물론 강아지를 한 마리 얻어다 키워볼까 하는 생각을 한 적도 있기는 해요. 그런데 아파트라는 데가 그렇잖아요. 애들이 조금만 발을 굴러도 뛰어올라오는 사람들이 천지고, 쓰레기 한번 잘못 묶으면 당장 부녀회에서 쫓아오고요. 다닥다닥 붙어 살아서 그러는지 사람들이 뭐가 그렇게 말도 많고 탈도 많은지. 그런데 강아지를 키운다고 생각해봐요. 짖는다, 똥 싼다,

오줌 싼다, 병 걸린다 오만 참견들을 다 할 거 아니에요. 그 사람들 때문에 멀쩡한 강아지 성대 제거술 같은 거는 또 못하겠어요? 그게 무슨 잔인한 짓이에요. 차라리 말 없는 인형을 하나 안고 살지, 생각만 해도 끔찍해요. 그리고 그렇게 법석을 떨며 사람들 비위 맞춰봐야 달라지는 거라도 있나요. 따져보면 살기 겁나는 곳이 아파트예요. 허구한 날 일어나는 사건 사고 무엇 하나 제대로 막는 것도 없잖아요. 빗장 하나 쭉 가로지른 대문 집보다 경비하는 사람 두엇 있는 아파트 도난 사고가 더 잦은 것 좀 보세요. 엘리베이터에 낯선 남자하고 둘만 타게라도 되면 등에서 식은땀이 흘러요. 혹시 칼을 들이미는 건 아닌가, 하다못해 바지라도 벗어버리는 건 아닌가. 아직도 그런 치들이 있거든요. 저는 그런 놈들이 여자고등학교 앞에만 있는 줄 알았는데 아파트 엘리베이터 안에도 있지 뭐예요. 복도 계단에서는 머리에 피도 안 마른 것들 본드 불지, 담배 피우지. 높은 데서 사는 사람들은 뭐 마음 좀 상하면 툭툭 뛰어내리지.

그런데 왜 아파트에서 살긴요? 그래도 맘만 좀 독하게 먹으면 아파트가 살기는 편해요. 그냥 안에서 문 단단히 걸어 잠그고 누가 와도 나 몰라라 하면 되거든요. 잡상인이 찾아와서 띵동 해도 모르는 척, 부녀회에서 띵동 해도 모르는 척, 관리실에서 띵동 해도 모르는 척. 몇 번만 그렇게 살면 아무도 뭐라고 하는 사람 없어요. 그냥 자기들 관심 밖에 내놓는 거죠. 어쩌다가 모여서 입이 심심하거나 길 가다 우연히 마주치면 우르르 모여서 입을 댓발이나 내밀고 궁시렁거리겠지만, 뭐 섞여 산다고 안 그러겠어요. 사람 사는 데서 말 나오지 어디 딴 데서 나오나요. 살면서 젤 무서운 게 사람이에요.

두번째 불은 옆 동네 재개발 구역에 있는 오래된 철물점과 바로 이웃한 집의 중간에 위치한 담벼락에서 붙었다. 사건 당시 철물점은 텅 비어 있었고, 바로 이웃한 집에 세 들어 살던 칠십 대 노파가 혼자서 오수를 즐기다 창문 밖에서 탁탁 튀어오르는 불꽃을 발견했다. 작고 경미한 불씨였으나 잠결에 놀란 노파는 혼비백산하여 뛰어나오다가 넘어져 머리를 다치면서 중태에 빠졌다.

세번째 불이 난 곳은 신축한 지 얼마 안 된 동아아파트 단지 앞 상가 입구였다. 세 곳 모두 방화였고, 초범이거나 소심한 성격이거나 혹은 그저 위협을 가하려는 게 목적의 전부였던 듯 대형 사고로 이어질 만한 불씨를 던지지는 않았다. 발화 물질은 소량의 석유였고, 주위에 인화 물질이 별로 없는 빈 공간이나 골목을 택해서 불을 질렀다. 발견한 사람이 없었대도 저절로 꺼질 만한 수준의 방화였다. 인명 피해로도 재산 피해로도 이어지지 않았지만 뭔가 신경질적인 느낌이 강했다.

방화는 매번 사흘 간격으로 일어났고, 세번째 사건이 터지면서 원인을 알 수 없는 연쇄방화는 TV에도 나왔다. 사건이 커지면서 관할 경찰서는 바빠졌다. 날씨는 점점 뜨거워졌고,

비는 여전히 오지 않았다. 이건 살인적인 더위야. 통풍이 되지 않아 땀에 젖은 하복을 입은 경찰 몇몇이 아파트 단지 정문 앞에서 요구르트를 파는 여자에게 거스름돈을 건네주며 투덜거렸다. 범인에 대한 윤곽은 전혀 잡히지 않았다. 햇볕이 너무 뜨거우니까 공기가 자연 발화를 한 거 아냐? 누군가 농담처럼 키득거렸지만 아무도 따라 웃지 않았다.

지금은 혼자 살아요. 화분 가꾸는 거 보면 모르겠어요? 요새 노처녀들 사이에 유행하는 웰빙 라이프잖아요, 하하. 물론 저야 처녀랄 것도 없겠지만. 아니, 처녀가 맞나. 뭘 그렇게 이상하게 봐요. 별거 아니에요. 남자랑 살았으니 처녀가 아니고, 혼인신고도 안 했으니 처녀가 아닐 것도 없다 그 말이에요. 요즘은 그런 거 흉도 아니라면서요. 호적에 붉은 줄만 없으면 남부끄러울 것도 미안해할 것도 없다고 하던걸요. 게다가 나는 따로 식을 올린 것도 아니에요. 물론 드레스는 입었죠. 꽃 같은 드레스 입고 사진관에서 기념사진 한 판 찍은 게 내 결혼식이었어요. 옛날식으로 말하면 정화수 떠놓고 언약한 셈이죠. 그렇다고 요즘 사람들처럼 하루 이틀, 석 달 열흘 살다 만 건 아니고 살기는 좀 살았지요. 한 삼 년쯤?

지나간 사람 얘기는 해서 뭐해요. 그냥 인연이 아니었던 게죠. 어느 날 깨어나보니 저만 혼자 남아 있더라고요. 의식을 잃기 전에는 분명히 그 사람이 있었는데, 눈을 떠보니 없더라고요. 피 묻은 그릇만 하나 깨져 있었어요. 설거지를 하던 중이었거든요. 몽유병이 있느냐고요? 아, 이야기를 오해하셨군요. 자던 채로 걸어가서 설거지를 하다가 정신이 번쩍 든 게 아니라 설거지를 하다 말고 까무러친 거예요. 가끔 그렇게 맥을 놓아요. 간질은 아니래요. 기면증이라는데, 태어나면서부터 그랬던 건 아니고, 어느 날 갑자기 시작됐는데 병원에서도 원인을 모르겠대요.

그 사람이 많이 힘들어했어요. 그날도 그랬을 거예요. 아무리 그래도 수도꼭지는 잠그고 나가지. 개수대를 막아놨으면 온 집안에 물이 넘칠 뻔했어요. 의식이 들면서 어렴풋이 콸콸 물이 쏟아지는 소리가 들리는데 처음에는 비가 오나부다 했어요. 몸을 일으켜보니 그게 수돗물 소리지 뭐예요. 집에는 아무도 없고. 그래도 그 사람이 없는 것 같아서 다행이다 싶었어요. 의식을 차리고 나면 남편을 보기가 참 그랬어요. 나는 쓰러지다보니 내 모습이 어땠는지 전혀 모르잖아요. 정신 차렸을 때 보면 남편 얼굴이 하얗게 질려 있었어요. 못 볼 거 봤다, 다시는 보고 싶지 않다, 그런 마음이 얼굴에 또박또박 씌어 있었어요. 그 얼굴을 보고 있자면 나도 내 자신이 무섭게 느껴졌어요. 참담한 건 이루 말할 수 없었고요.

그래도 고마운 건 남편이 친정에다는 아무 내색 안 했어요. 그런다고 친정에서 영 짐작 못한 건 아니었겠지만. 사실 나처럼 몸에 이상한 병 있는 사람이 남편처럼 멀쩡한 사람 만나서 사는 게 쉬운 일은 아니에요. 늙은 홀어머니 모시는 늦둥이면 어때요. 그래도 사람은 성실했거든요. 처음에는 나한테도 잘했어요. 내가 주변머리가 없어서 애교 같은 것도 없고, 살림살이도 영 서툴러요. 남편이 대신 이것저것 많이 도와줬어요. 그런데 하는 일이 잘 풀리지 않다보니 사람이 좀 거칠어지더라고요.

우리 친정이 여기서 멀지 않은 데서 농사를 지어요. 아니 농사랄 것도 없이 그냥 텃밭에서 무공해 채소를 좀 가꿔요. 우리 아버지 뭐 키우는 솜씨가 보통이 넘거든요. 식물이고 동물이고를 가리지 않아요. 원래 시골에서 농사짓고 가축 기르면서 살던 양반도 아니거든요. 그런데 학교 교문 앞에서 파는 병아리들, 그거 죄다 병든 것들이라서 하루 지나면 픽픽 쓰러지는데, 우리 아버지 손만 닿으면 중닭으로 자라요. 학교 끝나는 길에 교문 앞에서 손바닥만한 병아리를 사들고 조심조심 오면 아버지는 병든 놈을 뭐하러 자꾸 사오느냐고 혀를 끌끌 찼지만 그래도 젤 귀하게 간수했어요. 일단 마이신 알약을 하나 사가지고 와서 무슨 물약에 살살살 녹여서 먹여요. 그날은 좁쌀도 먹이지 않고, 물도 주지 않아요. 그런데 그러고 나면 그것들이 아주 쌩쌩해지는 거예요. 그럼 조금씩 조금씩 좁쌀을 사다 먹이죠. 초기에 잘 간수해두면, 크는 건 아주 순식간이에요.

채소는 또 어떻고요. 농사짓는다고 내려가기 전에도 집에다 길쭉한 화분 놓고 고추 모종 같은 걸 심고 그랬거든요. 약을 치는 것도 아니고, 그저 수돗물 받아서 하루 말갛게 걸러낸 다음 정성스레 주는 것밖에 없는데, 여름에 보면요, 그 고추가 울창한 숲이라도 되는 것처럼 아주 기운차게 자라 있어요. 그중 성성한 거 몇 개 따서 제 밥상에 올려주고 그러시던 게 참 눈에 선해요. 그렇게 뭘 기르고 가꾸는 거 좋아하시더니 차곡차곡 돈 모아 경기도 어디에 밭뙈기 좀 사놓고는 왔다갔다 마실 삼아 다니시다가 저를 남편한테 엮어주고는 내려가셨어요. 남편이 트럭에 채소 싣고 다니는 행상을 했는데, 내가 내려가서 농사를 지을 테니 그거 가져다 팔아라. 나중에 잘되면 둘이서 조그만 채소 가게라도 하나 열어보자. 장인하고 사위하고 아주 신이 났었지요.

내려가시기 전에 사시던 집 팔아 저희 아파트도 하나 얻어줬죠. 전세지만. 친정도 그렇게 넉넉한 편은 아니거든요. 남편이 홀어머니 모시면서 행상하느라 얼마 모아둔 돈도 없고, 또 멀쩡하지도 않은 딸 시집보내는 부모 마음이란 게 그렇잖아요. 그런데 워낙 작은 아파트인데다 사준 것도 아니고, 전세로 얻어준 거라서 남편이 크게 좋아라 하지는 않았어요. 그게 바로 이 아파트예요.

원래도 사람들하고 어울릴 줄 몰랐는데, 아파트생활을 시작하면서 점점 더 그랬죠. 그런데 사람 마음이 참 간사해요. 누구하고 말 섞고 살기는 끔찍하게 싫어하면서 외롭다는 생각은 들거든요. 베란다에 앉아서 창밖을 내다보면 놀이터에서 뛰어노는 애들도 보이고, 조금 떨어진 곳에 모여앉아서 수다를 떠는 아이 엄마들도 보이고, 그런 거 보면 조금 부러워요. 우리집이 겨우 3층이라서 애기 엄마들 목소리 톤이라도 좀 높아지면 무슨 말들을 하는지 또렷하게 다 들려요. 세상에 어떤 날은 내가 그 말에 혼자 중얼중얼 대답을 하고 있지 뭐예요. 누가 보면 정신 나간 여자인 줄 알았을 거예요, 흐흐. 다른 건 몰라도 아이는 하나 있었으면 했는데…….

　……잃어버렸어요, 낳기도 전에. 하루는 혼자 있다가 발작을 일으켰는데, 깨어나보니 아랫도리가 축축해요. 무슨 일인가 하고 보니 피가 흥건하게 젖었어요. 마룻바닥에도 피가 흥건해요. 넘어지면서 어디에 부딪히거나 충격을 받았던 것 같지도 않은 게, 몸은 어디가 아픈 데도 없고 말짱해요. 이게 무슨 일인가. 나한테 또 무슨 일이 벌어진 건가 어리둥절하기도 하고 겁도 덜컥 나는데, 전화벨이 따리리리 울려요. 받아보니 남편이에요. 사고가 났대요. 졸았나봐요. 사람은 다치지 않았는데, 차가 영 못 쓰게 되어버렸대요. 트럭 행상을 하던 사람이 트럭을 잃었으니 직장이 없어진 거죠. 상대방 손실도 제법 큰 거 같고. 어쩌면 좋으냐고 허둥대는 사람한테 내가 뭐라고 한 줄 알아요? 여보, 나 몸에서 피가 나요. 몸 아래에서 피가 막 쏟아져. 나는 나대로 겁이 나서 남편 놀란 건 귀에도 안 들어오더라구요. 남편도 잠시 아무 말이 없데요. 끊어졌나 싶어서 수화기를 바짝 대고 여보? 여보? 하고 부르는데, 저쪽에서 조그맣

게 씨팔, 하는 소리가 들려요. 씨팔, 병신, 천치 같은 년. 그 말 사이사이 씩씩대는 거친 숨이 잠깐 들리더니 전화가 끊겨요. 우우웅 하고 수화기에서 공명이 우는데, 잘 들으니 그게 마음속에서도 울려요.

나, 사실 발작이 있어서 그렇지 머리가 이상하거나 모자라거나 하지는 않거든요. 그런데 그날은 왜 그랬는지 모르겠어요. 바닥에 흥건한 피를 본 순간 기분이 이상해요. 무서우면서도 감정이 묘하게 설레요. 그 붉디붉은 피가 갈색 마룻바닥 위에 확 퍼졌는데, 그게 꼭 꽃처럼 보이더라니까요. 한여름 장대비 맞아서 후드드득 한꺼번에 떨어진 꽃, 붉고 선명한 그것을 보는 순간 어이없게도, 황홀하다, 잠깐 그런 생각도 들고.

범인은 반드시 범행 장소로 돌아온다. 경찰들이 믿는 것은 오직 그것 하나뿐이었다. 달리 단서가 될 만한 것이 없었다. 사건이 일어난 세 장소 사이에 연관성은 전혀 보이지 않았다. 그래서 경찰들은 단지 정문 앞에서 요구르트를 파는 여자에게 히히덕 농담이나 건네며 시간을 보냈다. 키가 작고 통통한 여자는 예쁘지는 않았지만 오밀조밀 귀염성이 있는 얼굴이었다. 그렇다고 사람의 눈길을 끄는 그런 얼굴은 아니었지만, 늘 벙긋벙긋 웃고 있었다. 말은 없었다. 뭘 물어봐도 대꾸를 하지 않았다. 누군가 와서 요구르트를 달라고 하면 말없이 꺼내주고, 얼마냐고 물으면 손가락으로 셈을 해 보였다. 경찰들은 여자를 앞에 두고 벙어리다 아니다 내기를 걸기도 했다. 여자가 요구르트를 파는 곳은 단지 정문 앞 외에도 몇 군데 더 있었다. 오전이나 저녁 무렵에는 단지 입구 대신 손님이 있을 법한 다른 장소로 이동했다. 커다란 가방을 혼자서 메고 다니기에는 체구가 너무 작았기 때문에, 여자는 들 수 있는 만큼의 요구르트를 비닐봉지에 담아서 자리를 옮겼다. 그사이 가방을 봐주는 것도 경찰들이었다. 그동안 목이 마르면 여자의 가방 안에서 요구르트를 꺼내 마셨다. 여자는 줄어든 요구르트를 보고도 아무 말 하지 않았다. 예의 벙긋한 웃음만 지어 보였다. 남아 있는 요구르트를 다 털어먹는 것도 아니고, 자리를 지켜주는 공도 있으니 경찰들도 그다지 미안해하지 않았다. 늘 제복 입은 경찰들이 우르르 몰려 있어 얼핏 보면 그곳은 출장 파출소 같기도 했다. 그중 한 명이 여느 날처럼 요구르트를 꺼내 마시다가 인상을 찌푸리며 확 뱉어내기 전까지는 그랬다. 삼키기도 전에 요구르트를 뱉은 경찰은 아예 구역질을 했다. 왜 그래, 상했어? 옆에 있던 동료가 그의 등을 두드려주었다.

어려서 살던 집에는 마당이 있었어요. 그 마당 한쪽에는 화단이 있었고요. 화분에다가 고추니 상추니 하는 모종을 심어 기르면서 재미가 생긴 아버지가 아예 마당 한쪽에 화단을 만들었죠. 고추 모종도 심고, 상추도 조금 심고, 들깨도 조금 심고. 그래도 그건 텃밭이 아니라 화단이었어요. 그보다 더 많은 자리에 꽃을 심었거든요. 오종종한 채송화도 심고, 키 큰 해바라기도 심고, 넓적한 베고니아도 심고, 가장 많은 자리를 차지한 건 붉은 사루비아였어요. 아버지는 사루비아를 깨꽃이라 부르고, 나는 꿀꽃이라고 불렀어요. 잘 익은 꽃송이를 따서 뒤쪽에 입을 대고 쪼옥 빨면 달콤한 꿀이 흘러나와요.

내가 처음 먹어본 꽃은 아카시아꽃이에요. 누가 가르쳐줬는지는 잊어먹었는데, 그러더라구요. 진달래하고 아카시아꽃은 그냥 따먹어도 된다고. 배고프거나 군입거리가 없던 시절은 아닌데, 꽃을 날로 먹으면 어떤 맛이 날까, 어린 마음에도 궁금하대요. 아카시아꽃이 사방 천지에 흐드러지게 폈을 무렵에 산에 올라서 치마폭에 한가득 따왔어요. 그대로 한입 넣으려다가 과일이나 채소를 날로 먹을 때는 물에 깨끗이 씻어먹어야 한다는 어머니 말씀이 기억나잖아요. 그래서 빨간 플라스틱 바가지에 꽃잎을 죄 쏟아놓고 맑은 물에 몇 번씩 헹궜어요. 물에 풀어 흐무러진 꽃잎은 손에 잘 잡히지도 않아서 물 반 꽃잎 반 손으로 움켜서 떠넣었죠. 풋꽃 냄새가 수돗물에 맹하게 남아서 그 맛을 뭐라고 해야 하나. 비리다고 해야 하나, 싱겁다고 해야 하나.

그거에 비하면 사루비아는 제대로 된 간식거리죠. 내가 하도 사루비아를 좋아하니까 조금씩 조금씩 늘려 심은 게 나중에는 그 꽃이 화단의 절반을 넘게 차지했어요. 어느 여름엔가는 집에 놀러온 친구하고 하루종일 마당에 앉아서 붉은 사루비아꽃을 쪽쪽 빨아먹었어요. 어찌나 빨아먹었던지 문득 정신을 차려보니 폭풍이라도 지나간 것처럼 마당에 붉은 사루비아들이 어지럽게 널려 있었어요. 햇빛은 밝고, 등은 따갑고, 마당에 떨어진 사루비아는 붉고. 아찔아찔한 현기증 같은 게 일었지만 기분좋았어요. 그때는 발작하는 병 같은 거 있지도 않았고요. 생각할수록 그 시절이 가장 행복했다 싶어요. 화단이 있던 집에서 아파트로 옮긴 어느 시점에 발작을 일으키기 시작했다는데, 그게 문제였을까요.

아이를 잃고 나서는 더 이상해졌어요. 전에는 쓰러지기만 했지 누구한테 해코지를 하거나 하지는 않았거든요. 그런데 그즈음부터는 정신을 차려보면 남편 몸이 온통 상처투성이예요. 멍도 나 있고, 핏자국도 보이고. 정작 제 몸은 흠 하나 없이 말짱하고요. 왜 그러냐고 물으면 몰라서 묻느냐고 어이없다는 표정으로 되물어요. 의식을 잃기 전에 대체 내가 무슨 난동을 부리는 건지. 갑자기 내 자신이 무섭게 느껴졌어요. 참담한 건 이루 말할 수 없었고요. 동물 대신 식물을 키우는 것도 사실은 그 때문이에요. 살아 움직이는 것들한텐 대체 내가 무슨 짓을 하게 되는지 알 수가 없어요.

좀 억울하다는 생각도 들어요. 이 병이 왜 나를 찾아왔는지 모르겠어요. 부모님도 친척도 사촌들도 아무렇지 않으니 유전은 아닌 것 같아요. 자라면서 특별하게 무슨 병을 앓지도 않았는데, 그냥 어느 날 갑자기 잠이 들기 시작했어요. 이유 없이 아무데서나 무릎을 푹 꺾고 쓰러져서 잠이 들어요.

기면증은 사실 지능하고 아무 상관이 없어요. 그런데 제 성적이 나쁘고 말이 없으니까, 부모님은 제가 어딘가 모자라서 그런다고 생각하셨나봐요. 그렇다고 제가 반에서 꼴등을 하는 것도 아니고, 저보다 성적이 나쁜 아이들도 얼마든지 있었는데. 사람들과 어울리지 못하는 건 어쩔 수 없어요. 누구라도 저와 같은 상황이라면 이해할 수 있을 거예요. 언제 어디서 갑자기 픽 쓰러질지 모르니 모임에 나가는 건 엄두도 못 내요. 내가 쓰러지는 걸 본 사람들은 저를 슬슬 피하죠. 간질이 아니라고 해도 믿지 않아요. 하긴 간질도 전염되는 건 아니지만. 전염되는 게 아니라는 걸 알아도 부담스러워하기는 마찬가지예요. 언제 쓰러질지 모르는 사람하고 함께 다니는 게 얼마나 신경쓰이는 일일지. 저도 모르는 건 아니에요.

학교에서 돌아오는 길에 혼자 쓰러졌다가 몸에 흙을 묻힌 채로 깨어난 적도 있어요. 자주 있는 일은 아니지만, 언제 또 겪게 될지 몰라서 늘 두려웠어요. 눈을 떠보니 길 한복판이고, 사람들은 우르르 몰려들어 나를 내려다보고 있고, 몸에는 흙이 잔뜩 묻어 있고, 툭툭 털고 일어서기도, 그대로 눈을 감아버리기도 무섭고…… 언젠가 한번은 길에서 깨어났는데, 사방에 아무도 없는 거예요. 몸은 뭐에 맞은 것처럼 아파서 영 움직일 수가 없고요. 겨우 일어나보니 낯선 골목이에요. 머리는 엉켜 있고, 아랫도리가 뻐근하게 아파요. 윗옷은 다 풀어헤쳐져 있고, 앞에 바지가 하나 버려져 있는데 눈에 익어요. 그날 내가 입던 바지예요. 무슨 일인가 고개를 숙여보니 허리 아래는 알몸이에요. 허연 다리에 피가 찐득하게 엉켜 있어요. 일어나야겠는데 몸은 움직여지지 않고, 자궁이라는 게 빠져나가면 이런 느낌일까, 뭔가 휑하면서 불에 덴 듯 뜨겁고 아프고 그래요. 다리에 흘러내린 것이 피가 아니라 불이었나봐요. 무서워서 엉엉 우는데 소리도 나오지 않데요. 그날 이후로 학교에 가지 않았어요. 병신 딸 곱게 치우는 일이 부모님들 숙제가 되었죠. 사실 병신은 아닌데, 나이보다 지능이 떨어지는 것도 아니고, 나 혼자 몸을 움직일 수 없는 것도 아니고. 그저 가끔 길거리에 풀썩풀썩 주저앉아서 의식을 잃는 것뿐인데……. 대체 나는 뭐에 홀려서 자꾸 그렇게 넋을 잃는 걸까요.

왜 그래? 상했어. 아니. 석유야. 꺽꺽거리며 한참을 토하던 경찰이 겨우 말했다. 석유라고? 무슨 소리야? 한가하게 손부채질을 하던 동료들이 벌떡 일어나 빈 요구르트 병을 빼앗듯이 돌려가며 냄새를 맡았다. 요구르트 병에 웬 석유야? 뭐야. 고개를 갸웃거리며 알 수 없다는 표정을 짓는 동료의 옆구리를 다른 동료가 쿡 찔렀다. 야, 이것 좀 봐. 뭔데? 옆구리를 찌른 동료가 내민 것은 여자의 수첩이었다. 여자의 단골들인 듯한 사람들의 전화번호가 적혀 있었고, 그 아래 여자가 거리 판매를 하는 장소가 적혀 있었다. 대림아파트 102동, 옆 동네 철물점 앞, 그리고 지금 여자의 가방이 놓여 있는 동아아파트 상가 입구, 청룡 헬스클럽 입구, 하나유치원 놀이터……. 이건 뭐지? 의미심장한 눈빛이 오갔다. 그때 네번째 방화가 일어났다는 긴급 무전이 들어왔다.

제가 처음 가꾼 식물은 골드레몬타임이나 라벤더 같은 허브였죠. 그러다가 불현듯 씨앗부터 심어보고 싶다는 생각이 들잖아요. 모종을 옮겨 심는 건 어쩐지 남의 새끼 가로챈 느낌도 들고, 완전히 내 것이라는 생각이 안 들어서요. 씨앗을 심고, 싹을 틔우고, 여린 줄기를 세우는 과정을 보는 일. 상상만 해도 설레지 않아요? 꽃집에 갔더니 인근 초등학생들이 자연 관찰 숙제로 씨앗이란 씨앗은 죄다 사가고, 마침 사루비아 꽃씨 한 봉지가 남았대요. 어렸을 때 생각도 나고 해서 사루비아를 심기로 했죠. 기대했던 대로 싹이 쉽게 트지는 않아서 좀 애를 먹었지만, 그래도 씨앗부터 키우는 일이 확실히 더 재미있었어요.

식물이 자라는 걸 본 적 있으세요? 떡잎이 나고, 그 떡잎을 밀어올리면서 줄기가 생기고, 줄기 위에 잎이 나고, 그 잎을 젖히면서 또 새 잎이 나요. 한 잎 위에 또 한 잎. 마치 한 세대 다음에 또 한 세대가 이어지는 것처럼 식물도 그렇게 자라요. 꽃이 만개하면 어렸을 때처럼 한 송이 두 송이 따서 쪽 빨아먹기도 했어요. 자라면서 단맛에 익숙해졌는지 어렸을 때보다는 덜 달았지만, 한 방울의 꿀이 혀끝에 달콤하게 똑 털어질 때 몸에 퍼지는 행복감은 여전하더군요. 어느 날 꽃 한 송이를 따서 입으로 가져가다가 깨달았죠. 사루비아를 키우는 동안 제가 한 번도 발작을 일으키지 않았다는 것을요.

요즘 내가 심는 건 사루비아 꽃씨예요. 바보 같아 보일 거라는 거 알아요. 꽃밭이 있는 집을 떠난 후에 기면증이 나타난 것도 우연의 일치일 수 있어요. 하지만 이런 경우는 어떻게 설명하시겠어요. 언제 어느 길에서 발작을 일으킬지 알 수 없지만, 이제까지 살면서 그렇게 많이 지나다녔는데도 발작을 일으킨 적 없는 길이 몇 군데 있어요. 모두 길가에 사루비아꽃이 심어져 있죠. 우연의 일치도 이만큼 자주 겹치면, 그렇다면 그건 필연 아닌가요?

그 사실을 알기 전부터인지 후부터인지는 모르겠는데, 깨어날 때는 항상 붉은빛이 멀리서부터 어슴푸레 비쳐요. 동이 틀 때의 햇살 같기도 하고 저녁노을 같기도 한 그 붉은 덩어리가 조금씩 가까워져요. 그러다가 한순간 눈앞에 휙 펼쳐지는데, 보면 사루비아 꽃밭이에요. 그걸 보고 나면 정신이 번쩍 들죠. 그래요, 남편도 내 말을 믿지 않아요. 사루비아꽃이 나를 낫게 할 거라고 말하자 정신병자 취급을 했어요. 이젠 꽃에 집착한다고. 어느 날은 제가 키운 사루비아꽃을 모조리 뽑아버렸어요.

어쩌면 남편이 말한 대로 그건 내 강박증이 낳은 편견일지도 몰라요. 하지만 내가 무언가 간절히 바라는 것이 있다면 그건 깨어나고 싶다는 거예요. 나도 모르게 스르르 무너지지 않는 것, 늘 명료하게 깨어 있는 것. 자기도 모르는 상태에 놓여 있다는 게 얼마나 무서운 건지 겪어보지 않은 사람은 몰라요. 자기 삶의 한순간을 자기도 모르게 툭 놓치는 거죠. 그건 잠을 자는 것하고는 달라요. 모든 사물은 다 정상적으로 제 길을 따라 움직이고 있는데, 제 의식만 한순간 저를 떠나요. 제 삶은 타인들 앞에 방치되는 거죠. 그때도 내가 보호받을 수 있다고 누가 장담할 수 있죠? 낯선 골목에서 나를 겁탈하고 사라진 게 내 아비나 형제나 이웃이 아니라고 누가 내게 확신을 줄 수 있죠?

　요즘은 자꾸 이상한 게 보여요. 사람들은 내가 의식을 잃으면 그대로 완전히 넋을 다 놓아버리는 줄 알지만 꼭 그러지 않을 때도 있어요. 마치 꿈을 꾸는 것처럼 사람들의 목소리나 움직임 이런 게 느껴질 때도 있거든요. 내가 아이를 잃고, 남편이 사고를 당하고 며칠 후에 일어난 발작 때 그랬어요. 발작을 일으킬 때마다 그랬던 것처럼 한순간 스르르 무너졌는데, 사물은 다 그대로 보였어요. 내가 쓰러지는 걸 가만히 보고 있던 남편이 갑자기 벌떡 일어나는 게 보였어요. 그가 찬장에서 접시를 꺼내더군요. 그러고는 벽에 던져서 깨기 시작하는 거예요. 한 장, 두 장, 석 장. 날카로운 파편이 튀었죠. 내 몸에 그 파편이 튈까봐 무서운데 피할 수가 없어요. 한참을 그렇게 접시를 던지더니 이번에는 그 파편 조각 중 하나를 들고 자기 몸을 긋기 시작해요. 목숨을 해칠 만큼 센 힘은 아니었지만, 상처를 입히기에는 충분했지요. 그러면서 저를 보고 히죽히죽 웃었어요. 여보, 그러지 마. 말리고 싶은데 목소리가 나오나요. 자기 몸에 상처를 내면서 눈으로는 저를 봐요. 연민 같기도 하고, 증오 같기도 한 눈빛이에요. 그 눈빛을 보고 있자면 몸은 움직일 수 없는데 공포는 뼛속 마디마디까지 분명하게 전해져요. 마치 가위눌리는 것처럼요. 언젠가 그가 나를 죽일지도 몰라. 두렵지만 내 몸은 연체동물처럼 흐물흐물 찬 바닥에 누워 있죠. 그러다 이윽고 어둠이 찾아오고, 아무것도 보이지 않고, 하늘거리는 사루비아 꽃잎에 놀라 눈을 번쩍 뜨면 남편은 예의 그 어찌할 바 모르겠다는 표정으로 나를 노려봐요. 온몸에 상처가 나 있죠. 왜 그랬어요? 당신, 왜 그랬어요? 울면서 물었더니 대체 무슨 소리냐며 크게 화를 내더라구요. 이제는 거짓말까지 한다고. 내가 다 봤다고 했더니, 가슴을 두드리며 답답해하다가 울어요. 같이 죽자며 울어요. 대체 뭐가 진실인 거죠? 당신은 알 수 있나요? 이 모든 일이 그저 내 상상일 뿐인가요? 남편이 상처를 입는 건 오직 그와 나, 두 사람만 있을 때 벌어지는 일이에요. 아이를 잃기 전에는 그런 적이 없었고, 아이를 잃은 후에도 다른 사람들이 있을 때는 아무 일도 일어나지 않았아요. 갑자기 무릎을 꺾고 푹 쓰러져서 고요히 잠들었다 깨어나죠. 눈으로 똑똑히 봤는데, 정말 다 봤는데, 아니라면서 우는 남편의 말도 거짓말은 아닌 거 같아요. 내 환상일까요? 모든 게 다 내 피해망상이 지어낸 환영일까요? 그런데 왜 내 손에는 파편에 베인 날카로운 상처 하나 없는 거죠? 그도 나도 믿을 수 없을 때 진실은 어디에 있는 걸까요?

요즘 나는 꽃씨를 뿌려요. 물론 사루비아 꽃씨예요. 아파트 화단에 앉아서 화분에 넣을 흙을 파내면, 파낸 흙의 양만큼 꽃씨를 넣어두죠. 우선은 내가 자주 가는 곳부터 심을 거예요. 조금 용기가 생기면 제가 걸어야 하는 길마다 꽃씨를 뿌릴 거예요. 헨젤과 그레텔처럼요. 어쩌면 새들이 날아와 꽃씨를 훔쳐 먹을지도 모르지만, 그래도 그중 하나쯤은 용케 살아남아서 싹을 틔울지도 모르죠. 그 싹이 점점 자라 붉게 만개한 꽃 덤불을 만들어줄 거예요. 불처럼 활활 타오르는 꽃 덤불, 그 덤불 속에 거울처럼 맑고 명료한 진실이 있을 거라고 믿어요. 그래요, 난 확신해요. 당신도 그렇게 생각하지 않나요?

청룡 헬스클럽 입구에 서 있던 여자는 경찰들을 보자 예의 그 벙긋한 웃음을 지어 보였다. 입구에는 작은 불꽃이 탁탁 피어오르고 있었다. 여자는 황홀한 표정으로 그 불꽃을 바라보았다. 한 손에는 석유 냄새가 훅 풍기는 빈 요구르트 병을, 다른 한 손에는 UN 팔각 성냥을 들고 있었다. 성냥갑 안에 들어 있는 것이 무엇인지는 보이지 않았다. 그 표정이 너무나 자연스러워서 누구도 섣불리 여자를 체포해야겠다는 생각을 하지 못했다. 일행 중 한 명이 겨우 여자에게 물었을 뿐이다. 손에 들고 있는 게 대체 뭡니까? 아, 이거요. 여자가 처음으로 말문을 열었다. 이건 선인장이에요. 이름은 몰라요. 그냥 선인장.

왜 던지지 않았을까,
소년은

네 뒷모습을 기억한다. 지금 기억에 남은 건 그것뿐이다. 월드컵 진출 48년 만에 한국은 첫 승을 거두었다. 어려울 것 같던 16강 진출도 가뿐하게 이루고, 내친김에 8강까지 가느라 온 나라가 축구 열풍에 휩싸여 흥분을 감추지 못하던 날들이 계속되었다. 그러던 어느 한 날, 나는 생애 최초로 축구 경기를 보았다. 너는 그 경기장 안에 서 있었다.

다시 말하지만, 그건 내가 생애 최초로 본 축구 경기였다. 학교 운동장이나 한강 둔치 등에서 아침마다 열리는 동네 조기 축구나 각종 체육대회 때마다 양념처럼 끼어 있는 축구대회에서 아마추어들이 농담처럼 뛰는 경기는 몇 번 봤지만, 정상의 프로 선수들이, 그것도 각국 대표로 출전한 선수들이, 그것도 축구 강국이라는 나라의 선수들이 뛰는 경기는 처음이었다. 내게는 모든 것이 다 신기했다.

그라운드에 깔린 잔디는 TV에서 보던 것과 색깔부터 달랐다. 공원 어디에서나 볼 수 있는 짙푸른 색이 아니라 고운 물감으로 세심하게 물들인 듯한 연둣빛이었다. 그 위에서 공을 차며 연습을 하는 선수들의 유니폼도 곱고 선명했다. 영상에 익숙해지다보면 실제가 오히려 더 비현실적으로 느껴질 때가 있는데, 그날 내가 받은 인상이 그랬다. 경기장은 생각보다 작았고, TV를 통해 익숙해진 선수들은 연예인 같았으며, 온 세계를 놀라게 했다는 응원은 생각보다 조용하고 일방적이었지만, 그러나 알고 있던 것보다 훨씬 구호가 다양했고, 생각처럼 오래오래 끊이지 않고 계속되었다.

처음부터 네가 눈에 띄었던 것은 아니다. 모든 게 낯설었던 내 눈에는 아무것도 들어오지 않았다. 경기장이 낯설었고, 응원단이 낯설었고, 선수들이, 축구가 낯설었다. 응원하는 사람들 사이에서 튀지 않으려고 재빠르게 갈아입은 내 붉은 옷조차 어색했다. 경기 내내 나는 편하게 시선 둘 곳을 찾지 못해 계속 두리번거렸고, 그러느라 중요한 장면을 종종 놓쳤고, 사람들이 환호성이나 탄식을 지를 때 그게 무슨 상황 때문인지 몰라 자꾸 되묻는 바람에 일행에게 잔소리를 들어야 했다. 나는 도대체 집중할 수가 없었다. 뭔가 불편하고 불안했다. 아마 처음 가본 장소에 대한 낯가림이거나, 국가적인 대형 이벤트를 직접 본다는 흥분 때문일 거라고 생각했다. 내 감정에 상관없이 경기는 시작되었고, 사람들은 응원을 시작했다. 네가 모습을 드러낸 건 경기가 후반으로 접어든 다음이었다.

솔직히 말하자면 내가 축구를 보러 가는 일이 생기리라고는 상상도 하지 못했다. 나는 축구에 관심이 없다. 축구뿐 아니라 몸으로 하는 어떤 스포츠도 좋아해본 적이 없다. 특히 축구는 남자들의 전유물 같은 운동이라 흥미 여부에 상관없이 체육 수업마다 배워야 하는 각종 구기 종목에서도 제외되어 있었다. 좋아하는 사내아이가 운동장을 뛰어다니는 모습을 훔쳐보거나, 초·중·고등학교 시절을 보내는 동안 학교에서 아주 중요한 경기라며 수업시간에 교과서를 펴는 대신 TV를 시청하도록 했던 때를 제외하고는 어떤 경우에도 자발적으로 축구 경기를 보거나 참여한 적이 없었다. 그러므로 월드컵에도 당연히 관심이 없었다. 누군가 축구 결과가 어떻게 나올 것 같으냐고, 16강 정도는 문제없지 않겠느냐고 말을 건넬 때마다 그건 너무 무모한 욕심 같다고 대답하고 싶었지만, 그랬다가는 애국의 정도를 의심 받을까봐, 올라가면 좋죠, 정도로 의견의 수위를 조절하는 게 고작이었다.

다른 사람들도 크게 다르지 않았다. 많은 사람들이 입만 열면 16강, 16강을 장담하고, 첫 승을 의심치 않았지만, 정말 그렇게 믿느냐고, 확신을 구하면 난처한 표정을 지었다. 이기면 좋지 않아? 하고 되묻는 목소리는 자신 없기까지 했다. 그것

봐. 사실은 너희도 믿지 않잖아. 나는 속으로 그들을 비웃어주고는 했다. 이건 너무 지나친 호들갑이야. 그렇게 쉽지 않을걸. 나는 장담했다. 그랬기 때문에 아무 망설임 없이 월드컵 기간 중에 공연 일정을 잡을 수 있었다.

영화관에서는 6월 개봉을 미루고 영화 대신에 월드컵 중계를 계획하는 곳도 있었지만, 대학로 분위기는 그렇지 않았다. 어쩌다 한번 터져주는 공연을 제외하고는 연극을 보러 오는 관객이라는 게 늘 뻔했다. 연극 관객은 대부분 상황에 관계없이 연극을 보러 오는 사람들이니 평소처럼 공연을 올려도 지장 없을 거라는 의견을 가진 팀들이 적지 않았다. 오히려 축구에 그다지 관심 없는 사람들, 축구가 아닌 다른 볼거리를 찾는 사람들에게 새로운 영화 개봉이 늦춰지는 6월은 연극 같은 문화 행사로 시선을 돌리는 계기가 될 수 있다고 기대하는 이들도 있었다. 그리고 솔직히 자존심도 상했다. 아무리 월드컵이 세계적인 행사라고 하더라도 결국은 축구만 하는 경기인데, 그것 때문에 다른 모든 행사 일정을 늦춰야 한다는 사실을 납득할 수 없었다. 온 국민의 의식을 집중시켜야 할 만큼 우리에게 중요한 스포츠였나, 축구가? 언제 우리의 문화 예술에 이만한 국민적 관심을 가져준 적이 있던가 하는 생각도 들었다. 축구 때문에 공연을 올릴 수 없다는 게 말이 돼? 다들 축구만 보고 사는 건 아니잖아? 절반쯤은 일종의 반발 심리이기도 했다. 축구 팬에게는 축구를, 연극 팬에게는 연극을. 그런 농담들도 오갔다. 그러나 밖에서 보기에는 딱히 그렇지도 않은 모양이었다. 그동안 가장 호의적으로 대해왔던 공연 담당 기자부터 보도 자료를 건네자 어이없다는 표정을 지었다.

"이야, 느이 팀 꼴통 아냐? 무슨 배짱으로 이 시점에 공연을 강행해?"

그는 보도 자료를 건성으로 몇 줄 읽다 말더니 옆으로 휙 던졌다.

"월드컵이라고 다들 축구만 볼 건 아니잖아요."

"그럼, 이왕이면 축구를 소재로 연극을 하든가, 축구공 들고 퍼포먼스를 하든가 하지. 칙칙하게 웬 리얼리즘이야, 리얼리즘이."

"기사, 써줄 거죠?"

"각 부서마다 절반씩은 월드컵 취재반으로 특별 차출된 거 몰라? 나도 이번 달은 스포츠 기자야. 경제면이고 사회면이고 전부 월드컵 관련 기사로 채우는 중이라 이런 공연 안내할 지면이 나올라나 모르겠다. 근데 내용이 뭐냐?"

"집단 광기요."

"아주 발악을 하는구나."

네가 눈에 띈 건 후반전이 시작되고 얼마쯤 더 지났을 때였다. 상대 선수가 걷어찬 공이 네 오른쪽 5미터쯤 떨어진 A 보드 앞에서 멈추었다. 심판은 아웃 오브 플레이를 선언했다. 우리 선수 가운데 한 명이 공을 가지러 걸어나왔다. 그때까지 양팀 모두 득점이 없는 상황이었다. 팽팽한 접전을 치르느라 선수들은 지쳐 있었다. 공을 주우러 걸어나오는 선수는 매우 피로해 보였다. 그는 조금 멀리 떨어진 광고판 앞 공을 줍는 대신 보다 가까운 곳에 서 있던 네게 공을 받기를 원했다. 너는 공을 들고 운동장에 둘러 서 있는 열두 명의 볼보이 가운데 한 명이었다. A 보드 바깥으로 넘어오는 공을 줍고, 새 공을 넘겨주는 일이 네 임무였다.

그라운드 밖으로 걸어나오며 선수는 너를 향해 손을 벌렸다. 공을 달라는 제스처였다. 그러나 너는 던지지 않았다. 선수는 네가 자신의 말뜻을 이해하지 못한 줄 알고 다시 한번 보다 정확하고 구체적인 제스처로 공을 요구했다. 이번에도 너는 공을 던지지 않았다. 대신에 너는 A 보드 안쪽에 떨어진 공을 가리켰다. 선수의 얼굴에 어이가 없다는 표정이 흘렀다. 그는 이번에는 약간 신경질적인 표정으로 네게 공을 달라며 손짓을 했으나, 네 등은 여전히 완강했다. 선수와 너 사이에 팽팽한 긴장감이 감돌았다.

공연 기간에 대학로에는 전례없이 많은 인파가 몰렸다. 그러나 그 인파들 가운데 공연을 보러 오는 이는 없었다. 그들의 목적은 다른 데 있었다. 한국 팀은 순조로운 항해를 시작했다. 폴란드와의 첫 경기에서 가뿐하게 승리를 쟁취했다. 축구에 관심 가져본 적 없고, 월드컵에도 당연히 관심 없고, 그래서 호의적인 결과를 예측하지도 않았지만, 그런 내게도 골대를 뒤흔드는 강렬한 슈팅은 감동적이었다. 나는 그 감동에 대한 답례로 진심에서 우러나는 박수를 쳐주었다. 축구에 관심 없다고 그들이 형편없는 결과를 거두기를 바라고 있지는 않았으니까. 관심이 없다는 것과 싫어하는 것은 전혀 별개의 문제였다.

내가 바란 건 아주 사소한 것이었다. 그들이 그들의 자리에서 최선을 다하듯, 우리도 정열을 바칠 수 있는 우리의 무대를 보장받는 것이었다. 월드컵 기간에 공연을 하기로 했다고 해서 그게 축구와의 정면 대결을 의미하는 건 아니었다. 월드컵이라는 게 현대화된 국가 간의 전쟁이니 어쩌니 하는 말들도 많았지만, 그렇다고 해서 축구가 보거나 행해서는 안 되는 사악한 스포츠라고 생각한 적도 없었다.

애초에 나는 월드컵을 염두에 두지 않았다. 축구를 볼 수 없게 하려고 월드컵 기간에 공연 포스터를 붙인 것이 아니었다. 마찬가지로 축구가 우리의 공연을 가로막을 이유도 없다고 생각했다. 월드컵은 세계가 주목하는 아주아주 중요한 행사이니 다른 모든 문화 행사들보다 어떤 상황에서도 우선해도 된다는 식의 태도가 불쾌했을 뿐이었다. 월드컵이 축제라면 다른 여러 행사에 대해서도 열려 있어야 했다. 국가가 열렬히 환영한 내한 외국인들에게 보여줄 수 있는 게 오직 축구뿐이라는 건 좀 웃기지 않느냐. 그들이 체류 기간 내내 경기장으로만 옮겨

다닐 것도 아닌데, 경기장 바깥에서 그들이 만날 수 있는 한국의 문화라는 게 전야제와 개막식밖에 없다면 부끄러운 일 아닌가 하고 농담처럼 키들거렸지만 진심이었다. 이런저런 다양한 움직임들이 공존하는 것이 진정한 축제라고 나는 믿었다. 그러나 상황은 그렇지 않았다.

시절에 상관없이 인기를 모아온 몇몇 장기 공연은 크게 영향을 받지 않았지만, 다른 공연 팀들은 대부분 공연을 올리지 못했다. 공연 기간에는 공연을 올리지 못하더라도 대관료를 내야 했기 때문에 적지 않은 영세 팀들이 발을 동동 굴렀다. 한국과의 경기가 있는 날은 그나마 사정이 괜찮았던 공연들도 속수무책이었다. 대학로는 어느 틈에 관의 지원 아래 대규모 응원장으로 변해 있었다.

한국과의 경기가 열리기 몇 시간 전부터 대학로에 차량이 통제되고, 붉은 옷을 입은 무리들이 삼삼오오 몰려들어 길바닥에 자리를 잡고, 대형 멀티비전이 설치되고, 각종 음향 기기가 등장하기 시작하면서 공연을 준비하던 팀들은 당혹감을 감추지 못했다. 같은 시간에 공연을 올릴 이들에게 어떠한 양해도 구하지 않고 대학로를 온통 통제하고, 고성방가로 공연을 방해하는 일이 관의 묵인하에 벌어지고 있었다. 이거 일종의 영업 방해 아냐? 누군가 화를 냈지만 큰소리는 아니었다. 승리는 좋은 일이고, 응원도 신나는 일이었다. 적어도 한 세기 안에 이 땅에서 이만한 축제가 또 벌어질까 싶은 그런 거대한 축제라는데 그 축제에 반하는 소수의 행태는 반역행위나 다름없었다. 그러나 소수를 껴안을 수 없는, 다독여 안지는 못하더라도 그런 소수가 있다는 사실조차 인정하려 들지 않는 축제도 축제일 수 있을까. 모두가 똑같은 옷을 입고 춤을 추어야 마음이 놓인다면 그건 더는 축제가 아니라 매스게임일 뿐이다. 그러나 누구도 그런 이야기를 할 수는 없었다. 그래봐야 이 나라 사람 맞느냐는 비난이나 들을 게 뻔했다. 공연을 강행했던 팀마다 대책 회의가 이루어졌다. 가장 쉬운 건 공연 중단이었다. 소수가 다수를 위해 포기하는 것은 오랜 미덕이었다.

아주 드물게 몇몇 팀이 공연 강행을 택했다. 티켓을 사전 예매한 관객들에게 할인 혜택을 준다든가 공연 후에 대형 스크린으로 축구 중계도 볼 수 있는 이벤트를 기획하며 자구책을 찾았지만, 큰 호응은 얻지 못했다. 우리도 그중 하나였다. 오직 축구 하나에 빠진 집단광기에 대해서, 그로 인해 다른 데서 입는 손해에 대해서는 태연하게 아무렇지도 않다는 듯한 태도를 보이는 그 지독한 독선에 대해서 다들 울분을 토하며 공연 강행을 결정했다.

그러나 그 또한 다 같이는 아니었던 모양이었다. 한국이 16강 진출 티켓을 놓고 경기를 치르던 날 경기 상황이 궁금했던 스태프 한 사람이 공연중에 소형 텔레비전을 가지고 들어와 무대 뒤에서 경기를 보았다. 그 중계 소리가 무대에 오른 배우의 귀에 희미하게 들렸다. 하필이면 허공 위에 세워진 좁은 난간에서 날카로운 칼날을 휘두르는 연기를 할 때였다. 금세라도 골을 넣을 듯한 아나운서의 목소리가 배우의 집중을 깨트렸고, 그는 좁은 난간에서 발을 헛디뎠다. 칼날은 그의 손목을 아슬아슬하게 비껴갔다. 공연은 중단되었다. 사과의 변을 들어야 할 객석의 관객은 셋뿐이었다. 두 사람에게는 관람료를 환불했고, 한 사람은 오히려 우리에게 술을 사고 싶다고 했다. 되도록 사람이 적은 술집으로 가려 했으나, 붉은 옷에 취한 사람들을 모두 다 피할 수는 없었다. 경적 소리, 차 위에서 발을 구르는 소리, 대~한민국 구호를 외치는 소리, 폭죽 터지는 소리로……. 거리는 소리까지 붉게 물들어 있었다. 취기가 오르자 단 한 사람의 그 관객은 몇 번씩 나는 저런 식의 전체주의가 싫어요 하고 투덜거렸지만 누가 들을세라 낮은 소리였고, 연출가는 다친 배우를 쳐다보며 공연 욕심 때문에 축구를 보지 못하게 만든 건 그럼 역(逆)광기인가요 하고 자조하듯 중얼거렸다.

우리도 축구나 보러 갈까요?

적당히 술이 올랐을 때, 누군가 제안을 했다. 거스를 수 없으면 흐름에 따르는 것도 순리가 아니겠느냐고 했다. 대체 월드컵이 뭐길래 이러는지 한번 직접 봐야 억울하지 않겠다고도 했다. 아니 그냥 편하게, 배우도 다쳤고 공연은 더이상 계속할 수 없으니 잊을 건 잊고 몸도 마음도 편한 상태로 남들과 함께 축제를 즐기는 것도 괜찮지 않겠느냐고 했다. 생애 최초의 축구 관람은 그렇게 이루어졌다. 그동안의 마음고생을 생각하면 공연 관람료라도 여비에 보태고 싶었으나 대관료도 남지 않는 적자 공연이었던 관계로 각자의 사비를 털었다. 우리가 볼 수 있는 다음 경기는 광주에서 열리기로 되어 있었다.

일행은 나와 연출가, 그리고 배우 셋이었다. 터미널은 이른 새벽부터 붐볐다. 버스는 십 분 간격으로 출발했다. 새로 단장한 터미널 내부에는 온통 붉은 옷들이 술렁거리고 있었다. 이야, 붉은 광장이 따로 없구나야. 다친 팔에 붉은 휘장을 두르고 나온 배우는 우리들을 위해 응원 티셔츠까지 준비했다. 우리가 적군이라는 걸 상대에게 알리면 안 되거든요. 심각한 얼굴로 그런 말을 덧붙이기도 했다. 차에 앉아서도 그는 'Be The Reds'라고 씌어 있는 글자가 눈에 띌 때마다 조그맣게 빨갱이가 되자, 빨갱이가 되자, 장난 노래를 부르며 우리를 즐겁게 해주기도 했다. 상심했던 저녁 이후 며칠이 흐른 다음이었고, 막상 대열에 섞이고 보니, 소풍을 가기 전처럼 약간 들뜨는 것도 사실이었다. 그것이 어떤 이면을 가지고 우리를 푸대접했든 간에 다시 경험하기 힘든 축제인 것만은 분명했다.

처음부터 경기장 안까지 들어갈 생각은 아니었다. 이왕이면 경기가 열리는 가장 가까운 곳에서 보자고 했는데, 경기 시작 시각까지 경기장 입구에서 어슬렁거리다보니 많게는 수백만 원을 호가한다던 암표 가격이 예상을 약간 밑도는 선으로 뚝 떨어진 사실도 알게 됐다. 이왕 온 거 안에서 보자. 배우가 암표상과 막판 홍정을 벌이는 동안 연출가와 나는 근처 현금 인출기로 달려가 현금 서비스를 잔뜩 뽑았다. 이야, 돈 이거 별거 아니구나. 나풀대는 현금 뭉치를 들고 그와 나는 키들키들 웃었다.

긴장감은 관중석까지 옮겨졌다. 잠시, 그러나 아주 길게 느껴지는 시간 동안 경기장 전체에 침묵이 흘렀다. 조용하고 짧고 팽팽한 한순간. 얼굴이 벌게져서 식식거리는 선수의 얼굴이 전광판을 통해 온 관중에게 전해졌다. 잠시 멈춰 섰던 선수가 발을 옮기는 걸 신호로 관중이 네게 야유를 퍼붓기 시작했다. 내 근처 어딘가에 있던 사람은 눈물까지 흘리며 네게 욕을 퍼부었다. 그러나 너는 끄덕하지 않았다. 네 고집스러운 등은 이대로 경기를 중단시킬 수도 있을 것만 같았다. 아, 그렇다면 얼마나 멋질까. 나는 아무도 모르게 탄성을 질렀다.

야유는 거셌다. 저 새끼를 끄집어내. 여기저기서 험한 욕이 쏟아졌다. 몇몇 사람들이 그라운드 안으로 뛰어내릴 것처럼 계단 가장 아래쪽으로 걸음을 옮겼다. 우우우우 작게 시작된 야유가 옆 사람들의 동조에 힘입어 점점 커졌다. 축구는 이제 더이상 관심이 없었다. 어느 순간 우리의 상대는 스페인이 아니라 볼보이로 바뀌었다. 야, 이 새끼야, 나가. 꺼져버리란 말야. 둥둥둥둥 발을 구르며 욕하는 소리가 들렸다. 지나친 흥분 때문에 목소리마저 떨리고 있었다.

관중의 야유 속에서 선수는 볼보이의 멱살이라도 잡을 듯한 태세로 걸어왔다. 사태를 무마시킨 건 그 소년의 옆에 서 있던 다른 볼보이였다. 그는 선수가 소년 쪽으로 더 가까이 오기 전에 새 공을 안으로 던졌다. 얼결에 선수가 그 공을 받았고, 선수가 공을 받는 걸 본 심판이 경기를 속개하라는 의미로 호각을 불었다. 선수는 화난 얼굴로 너를 노려보았으나 경기가 속개되면서 곧 뒤로 돌아섰다. 네 등으로 내리꽂히던 사람들의 시선도 경기장 안으로 옮겨졌다. 경기가 속개되고 관중의 시선이 흩어진 틈을 타서 양복을 입은 한 사내가 네게 뛰어왔다. 나는 네가 교체되는 건 아닐까 생각했지만, 그는 네게 몇마디 주의를 주고는 자리로 돌아갔다. 네 등은 여전히 흔들리지 않았으나 전처럼 완강해 보이지는 않았다. 남은 후반전에도 점수는 나지 않았다. 연장전이 이어졌다. 그동안 두어 번 정도 더 네 근처로 공이 떨어졌고, 나는 네가 종전처럼 뭔가 보여주기를 바랐지만, 네 옆에 서 있던 발 빠르고 눈치 빠른 볼보이가 너 대신 안으로 공을 던져준 바람에 그런 일은 더이상 없었다. 득점 없던 경기는 승부차기까지 가서야 끝을 보았다.

경기는 130여 분 동안 진행되었다. 숨막히는 순간이 계속되었다. 사람들이 빠져드는 것도 당연해. 반쯤은 부러움으로, 반쯤은 절망감으로 우리는 입을 모았다. 태어나서 처음으로 본 축구 경기가 국가 대표 경기라니. 그것도 월드컵이라니. 그것도 4강 티켓을 향한 경기라니. 그것도 연장전에 승부차기까지 다 보았다니. 당신은 운이 좋은 거야. 연출가와 배우가 동시에 내 어깨를 두드렸다. 다시 태어나면 축구 선수가 될까봐요. 아무래도 전공을 잘못 택했어. 연극이 뭐야, 연극이. 내가 응수하자, 축구 선수? 좋죠. 하지만 축구 선수만 되면 곤란해요. 이런 국가적인 이벤트가 있을 때를 골라서 태어나야 그것도 의미가 있는 거, 알죠? 배우가 말꼬리를 이었고, 아냐, 그때 태어나도 대표 선수가 아니면 의미 없어. 다음에는 반드시 국가 대표로 태어나자구. 연출가도 말을 이어받았다.

경기장을 빠져나가기는 쉽지 않았다. 셔틀버스가 있었지만 줄이 좀체 줄지 않았다. 우리는 우선 경기장 근처에 있는 카페로 들어갔다. 목이 마르기도 했다. 카페 안은 한바탕 잔치가 끝난 것처럼 어수선했다. 우리는 시원한 맥주부터 주문했다. 카페 한쪽에 있는 TV에서는 방금 끝난 경기의 하이라이트 장면을 반복해서 보여주고 있었다. 헬리콥터에서 항공 촬영한 광화문과 종로와 대학로와 야외 응원이 가능한 모든 장소에서 새빨간 덩어리들이 꿈틀거렸다. 깃발이 나부끼고, 풍선이 둥실 떠올랐다. 소리는 들리지 않았지만 그 안 어디에선가는 축포도 터지고 있었을 것이다. 오늘도 공연 올린 팀이 있었을까. 저렇게 인파가 많은데, 씨팔, 대사 치는 거 하나도 안 들렸을 거야. 밑 안주로 먼저 나온 팝콘을 오물거리며 배우가 작게 이야기했다. 축구 외의 이야기를 꺼낼 때면 누가 엿듣는 것도 아닌데 절로 목소리가 작아졌다. 경기장 정문과 마주한 카페의 2층 창문을 통해 깃발을 흔들고 축포를 쏘는 사람들이 보였다. 경기장 주변의 정체를 풀기 위해 대형 셔틀버스가 끊임없이 사람들을 태우고 사라졌지만, 그래도 사람들은 여전히 많았다. 겨우겨우 빠져나가는 셔틀버스를 제외하고는 차도 사람도 움직이지 않았다.

"자, 4강을 위해 건배."

카페에 앉아 있던 사람들 가운데 누군가 목소리를 높이며 건배를 제의했다. 온 카페 안에 있던 사람들이 함께 잔을 들었다. 맥주는 미지근했고, 팝콘은 눅눅했다. 이게 뭐야. 이래도 되는 거야. 나는 또 아무도 듣지 못하게 조그맣게 투덜거렸다. 사람들은 모두 TV를 보는 데 열중해 있었다. 대부분 경기장에서 직접 경기를 보고 온 사람들인데도, 같은 장면을 몇 번씩 반복해서 보면서, 박수를 치고, 탄식을 하고, 허허 웃고, 기적이라고 말했다.

"근데 왜 그랬을까요?"

"응? 뭐가?"

배우도 연출가도 시선이 TV에 꽂혀 있었다.

"아까 그 볼보이요. 공을 던지지 않았잖아요."

"그 친구도 월드컵이 싫었나부지. 더워죽겠는데, 거기서 공이나 던지고 있는 자기 신세가 한심했거나. 아니면 한번 튀어보고 싶었나?"

만약 그때, 네가 공을 끝내 던지지 않았다면, 네 옆에 있던 다른 사람이 그 상황에서 발 빠르게 대처하지 못했다면 무슨 일이 일어났을까. 그랬다면 경기가 중단되었을까. 혹시 너는 그렇게 해서라도 경기를 중단시키고 싶은 어떤 이유를 가지고 있던 건 아니었을까. 연장전 이후로 나는 네 모습을 보지 못했다. 승부차기에 볼보이는 필요 없었다. 경기장 주변에 우르르 모여 있던 스태프들 가운데 너도 있었는지는 모르나 내가 기억하는 건 네 등이었으므로 나는 너를 찾지 못했다. 아니 더이상 너를 찾을 이유가 없었다. 너는 경기를 중단시키지 못했다. 네가 경기의 흐름에 저항하려 했던 사실을 누구도 기억하지 못할 것이다. 네 돌출 행동에도 불구하고 한국 팀은 승리했고, 승리는 다른 자잘한 기억들을 묻어두게 만드는 법이다. 승리에 취하면 다른 아픈 것들은 보이지 않는 법이다. 너도 실패했고, 나도 실패했다. 하기야 그 거대한 축제 앞에서 우리가 무슨 힘을 발휘할 수 있었을까.

계산을 마치고 카페 밖으로 나왔을 때, 나는 월드컵 특별 취재반으로 발령받았다던 공연 담당 기자와 마주쳤다. 모르는 척하고 싶었으나 그가 나를 발견했다. 뜻밖이라는 듯 크게 놀란 얼굴을 하더니 이내 것 봐라, 너도 어쩔 수 없지, 하는 표정으로 눈을 찡긋했다.

"끝내주지? 정말 감격적이야. 놀랍지 않아? 4강이라니. 기적이야, 기적. 허허."

"재밌네요."

나는 최대한 심드렁한 목소리로 대꾸했다.

"공연이 따로 필요한가. 이게 공연이고, 쇼이고, 축제지. 안 그래?"

"하긴 주제도 똑같네요. 집단 광기."

그렇게까지 신경을 세울 일이 아닌데도 그와 마주친 순간에 까닭 없이 자존심이 상했다. 그는 그러는 내 태도에 별로 신경쓰지 않는다는 듯이 허허 웃었다. 그 태도가 더 언짢았다.

"아, 맞다!"

나는 여유 있게 손을 흔들며 돌아서는 그를 불러 세웠다.

"아까 그 볼보이요. 왜 그랬을까요?"

"그거. 미친 새끼지. 아니 지가 거기 왜 서 있는 건데, 죽어라 뛰는 우리 선수 응원은 못하고 왜 승질 나게 공을 제때 안 던져."

"……던져줘야 했던 게 맞아요?"

"당연하지. 볼보이가 공 던져주려고 서 있지, 대신 뛰려고 서 있겠어?"

"그럼, 정말 귀찮아서 공을 던지지 않았나."

"글쎄, 광고판 안쪽에 떨어진 공이 있어서 그랬나."

"그럴 때는 새 공을 던져주지 않는 게 맞아요? 그런 거예요?"

그의 얼굴에 잠깐 머뭇거리는 표정이 흘렀다. 그러나 그는 이내 별거 아니라는 투로 말했다.

"뭘 그렇게 꼬장꼬장하게 따져. 규칙상 그렇더라도 그런 식으로 경기 흐름을 깨면 되나."

다소 누그러진 말투로, 그러나 자세한 설명은 피한 채 그는 총총히 사라졌다.

하지만 소년이 옳았다면, 우리가 경기장에서 일제히 그에게 가했던 비난과 야유는 지나친 폭력 아닌가요, 하는 말이 입에서 뱅글뱅글 돌았지만 입 밖으로 내지는 않았다. 나는 왜 작은 일에만 분개하는가, 하는 시가 있던가. 문득 나도 그렇다는 생각이 들었다. 아주 사소한 일에만 화를 내고 있는 것 같다는 생각이 들었다. 아니, 그런 일일수록 더 화가 났다. 조금 있으면 축제도 끝날 것이고, 공연을 할 수 없을 정도의 대규모 거리 축제는 당분간 보기 힘들 것이고, 사람들은 일상으로 돌아갈 것이다. 그리고 지금은 스포츠 기자가 되어버린 남자도 볼만한 공연 보도자료를 뒤적이느라 머리가 쑥쑥 빠질 것이다. 어쩌면 이 축제는 고작 한 달뿐인 일탈일지도 모른다. 그런데 나는 왜 뭔가 자꾸 따지고 싶은 걸까. 생각해보면 나는 고작 한 달의 공연을 망쳤을 뿐이다. 공연을 할 때마다 손해는 늘 있어왔다. 새삼스러운 일도 아니었다. 공연을 올리지 못해 입은 손해도 평소보다 큰 액수는 아니었다. 그러나 나는 그것이 이 한 달의 일탈이 은폐해버린 억울하고 안타까운 사연의 상징적인 액수처럼 여겨졌다. 왜 축제는 소수를 내버려두지 않는가. 갑자기 답답해져서 나는 대로변에서 가슴을 퍽퍽 주먹으로 두드렸다. 영문 모르는 표정으로 연출가와 배우가 나를 바라보았다.

서울로 돌아오는 기차에서는 한국의 4강 진출을 축하하는 의미에서 캔 맥주가 하나씩 서비스로 제공되었다. 사람들은 박수를 치며 환호했다. 우리도 물론 그랬다. 그러나 이번에도 맥주는 미지근했다. 내 뒷좌석에는 외국인이 앉았는데 기자인 모양이었다. 기차가 움직이는 내내 시끄러운 목소리로 전화를 걸고 있었다. 경기 내용과 자신의 한국에 대한 인상을 기사체로 읊었다. ……한국은 승리했고, 4강에 진출했다. 아시아 국가로서는 최초였다. 전국 각지에서 붉은 옷을 입은 응원단이 거리에서 응원전을 펼쳤다. 그들은 여전히 질서정연했으며, 자신들이 앉았던 자리의 쓰레기까지 치우고 돌아갔다. 한국은 아름다운 승리를 계속하고 있다. ……기차에서 우리는 내내 말이 없었다. 서로 엇갈려 잠이 들다 깨다 하면서 눈이 마주치기도 했는데, 어느 순간 달리는 기차 창밖 어둠을 뚫어져라 바라보는 연출가의 옆모습을 보기도 했다. 그는 입 주위를 실룩거리고 있었는데, 웃는 것도 같고, 우는 것도 같았다.

서울역에 도착한 건 새벽 한시가 다 되어서였다. 절정을 지난 축제가 적지 않은 쓰레기와 취객들을 거리에 내놓고 있었다. 차를 잡기 위해 지하보도를 건너다가 나도 모르게 발끝을 살짝 들었다. 지하보도 안에 노숙자들이 잠들어 있었다. 그들도 오늘 축구를 보았을까, 생각하는데 갑자기 연출가가 헛헛 웃음을 터트렸다.

"나도 참 웃기는 사람인 거 같아."

"왜?"

"축구 때문에 공연 망쳤다고 갑자기 투사가 됐나봐. 별게 다 불편해."

"뭐가 그렇게 불편한데?"

"그냥 빨간 옷도 불편하고, 불법 질주하는 애들도 불편하고, 이기는 것도 지는 것도 다 불편하고, 이러는 나도 불편해. 대체 왜 이러는 거니?"

"이런 거 처음 해봐서 그래요."

건들거리며 대~한민국을 흥얼거리면서 따라오던 배우가 토를 달았다.

"다 같이 놀고 뛰고 그런 거 해본 적 없었잖아요. 그래서 서툴러서 그래요. 제대로 놀아보자 준비하고 있다가 노는 것도 아니고, 그냥 잔치가 열리나보다, 그런가보다 하고만 있다가 막상 보니까 재밌거든요. 그래서 얼결에 뛰어들어서 놀아보는 게 지금 상황인 거죠. 그런데 뛰어놀다보니, 그렇게 뛰어놀고만 있을 수 없는 일들도 생각나고, 그런 상황도 생기고 하는데, 노는 것에 가속도가 붙어서 멈추기도 뭣하고, 그 상황을 몰라라 할 수도 없고, 헷갈리는 거지, 뭐."

그러나 과연 우리가 헷갈리기만 했을까. 중요하지만 골치 아픈 문제들을 외면할 핑계로 축제를 내세우고 있는 건 아닐까.

"아무리 기뻐도 오토바이를 탈 때는 헬멧을 쓰는 게 좋고, 공연중에는 무대 뒤 잡음에 귀를 기울이지 않는 게 좋아."

경기를 보고 온 후로 네 뒷모습이 내내 지워지지 않았다. 나는 인터넷을 뒤져 볼보이에 관한 규칙을 찾기 시작했다. 몇 번이나 실패한 후 축구 관련 게시판에서 마침내 볼보이 운영 규정을 찾아냈을 때, 나는 그만 환호성을 질렀다. 그 글을 읽어내려가면서 나는 너희를 볼 스태프라고 부른다는 것을 알았다. 볼보이가 모두 열두 명이 필요하다는 것도 알았다. 경기가 진행되는 동안 그라운드 옆에 일정한 간격으로 서서 대기하다가 공이 필드 바깥으로 나올 경우 새 공을 던져주는 것이 너희의 역할이라는 것도, 공을 요구하는 선수에게 가장 가까이 있는 볼보이가 공을 던져주게 되어 있다는 것도 알았다. 그리고 또 한 가지 규정이 더 적혀 있었다. 공이 터치라인과 광고판 사이 공간에 떨어진 경우, 새 공을 던져 넣으면 안 된다는 내용이었다. 경기장에 두 개의 공이 존재할 수 있기 때문이었다.

그렇다면 그날 네 행동은 규정에 따른 것이다. 너는 규정을 지켰고, 그로 인해 사람들에게 억울한 비난을 들었다. 만약 상대 선수가 같은 상황에서 네게 공을 요구했고, 네가 똑같이 완강한 태도를 취했다면 그때 관중들은 어떤 태도를 보였을까. 그때는 너를 격려하며 흐뭇해했을까. 너 대신에 공을 던져 경기를 속개시킨 네 동료는 규정을 어긴 것이었지만, 덕분에 사태는 진정되었다. 심판은 네 동료에게 아무런 경고도 하지 않았다. 어쩌면 그 규정은 실전에서는 소용 없는 문서 상의 매뉴얼에 불과했을지도 모른다. 그러나 너에게 그 규정은 네가 그곳에 서 있는 이유이기도 했을 것이다. 그런데 그 순간 네가 지키고자 했던 것이 단지 규정뿐이었을까. 너를 둘러싼 수만의 관중이 네게 폭언과 비난을 퍼부을 때, 그 가운데에서 완강하게 버티면서 너는 무슨 생각을 하고 있었을까. 단지 규정을 지켜야 한다는 생각뿐이었을까. 혹시 거역할 수 없는 도도한 물결이 되어버린 축제 앞에 한순간 반역의 깃발을 들고 싶었던 것은 아닐까. 한순간도 미동하지 않던 너의 완강한 등이 나는 자꾸 서늘하다. 일탈이든 규정 준수든 거대한 축제 한복판에서 자신의 의지를 좇기가 쉬운 일이었을까. 미안하다. 그때 나도 너에게 손가락을 겨누었다.

한국의 승리는 4강에서 멈추었다. 결승 티켓을 놓고 독일과 겨룬 승부에서 한국은 1:0으로 패했다. 그날 응원단은 '꿈★은 이루어진다'는 문구의 카드 섹션을 선보였다. 애초 우리의 꿈은 16강이었다. 꿈은 이미 훨씬 전에 이루어졌다. 애초의 꿈을 이미 이룬 상태에서 그들은 왜 '꿈★은 이루어진다'는 내용의 카드 섹션을 택했을까. 이루어졌으니 승부가 어찌되든 괜

찼다는 뜻일까. 아니면 그들에게 아직 이루지 못한 꿈이 있다는 뜻일까. 모두가 똑같이 춤을 추고 함성을 지르고 발을 굴렀던, 매스게임 같던 축제 속에서 사실은 모두 다른 꿈을 꾸고 있었던 것일까.

축제는 끝났다. 프로 축구가 사상 유례없는 흥행을 거듭하고 몇몇 선수들의 인기가 치솟았으나, 당장이라도 해외 명문 팀으로 스카우트될 것 같던 선수들의 대다수가 몇 달째 협상과 타진만 거듭하고 있다. 나는 가끔 사람들에게 그날의 너에 대해서 물었으나 너를 기억하는 사람은 없었다. 몇 번을 반복해서 본 경기 영상 어디에도 너는 없었다. 너를 위해 내가 찾은 규정집이 올려져 있던 게시판도 월드컵이 끝나고 얼마 후 사라졌다. 사람들은 일상으로 돌아왔다. 월드컵 기간에 뜨겁게 사랑을 불태웠던 연인들은 다시 심드렁해졌고, 펑크 난 학점을 메우느라 계절학기 수강생은 갑절로 늘어나고, 붉은 옷은 대부분 옷장 속으로 들어갔다. 공연은 다시 시작되었으나, 관객은 여전히 들쭉날쭉했다. 축제는 끝났고, 어쩌면 그런 축제는 다시 안 올지 모르고, 누구의 기억에도 남아 있지 않은 너를, 이제 더 이야기할 수는 없겠지만, 그러나, 나는 너를 잊을 수는 없을 것이다.

목포행 완행열차

불 찾소? 집 짓는 목수가 우째 연장도 안 챙기고 갔소. 여그 불 있소. 아니오, 나는 됐소. 내가 은제 담배 피웁디요. 나가 언니처럼 집 지으러 왔간, 목수가 빠트린 연장 챙겨 따라온 거지. 언니나 마저 피우소. 근디 언니는 무신 양담배를 다 피우요? 참말로 세련됐소. 아니긴 머시가 아니오. 여그 꼬부랑 글씨로 써 있는디. 잉? 그람 이것이 국산이오? 하긴 요새는 우리 것덜도 꼬부랑 글씨 아닌 게 없으니께. 담배 연기가 순한 거 봉게 맛도 순하겄소. 내가 피우지는 않아도 담배 박사요, 박사. 연기만 착 맡으면 맛이 아주 순한지 매운지 대번에 안당게. 담배에 환장한 귀신들하고만 안 살았소, 나가. 언니 야그 하는 건 아니고, 언니야 뭐 구신이랄 거나 있소. 우짜다가 쪼매 피우는 거인 디. 연기가 순한 게 나쁘진 않은데 좀 심심허긴 허요. 요새 금연이니 뭐니 하는 거 때문에 담배들이 죄 김빠진 사이다 모냥 밍밍해졌소. 죽은 아들 앞세워 뭐한다고, 코미디언 죽은 거 가지고 금연 금연 해쌓는 것도 나는 보기 싫습디다요. 사람 팔자 담배 한 대로 정해질 거 같으면야 먼 말이 더 필요 있겠소. 뭘 해도 죽을 사람은 죽고, 살 사람은 사는 거지. 언니네 영감님만 해도 어디 담배를 피웠소, 술을 마셨소. 아침마다 등산이다 뭐다 당신 몸 금쪽맹키 챙기더니, 육십도 되기 전에 눕지 않았소.

근디 이 젊은 엄마랑은 먼 야그를 하던 중이었소? 마저 한 번 해보소. 심심해서 안 그라요. 땀 빼면서 한숨 푹 자고 일어났는데, 가슴 한 자락이 까무룩히 무너진 것 맹키로 허전한 게 기분이 묘하더랑게요. 나도 모르는 꿈에 츠녀적 낭군을 봤는가. 아니면 시간 가는 줄 모르고 자면서 땀을 많이 빼서 기운이 달려 그런가. 마침 목도 칼칼하고 해서 시원한 거나 한잔 마심서 씰데없는 말이나 지분거렸으면 좋겠다 싶은데, 둘러보이 암도 안 보이지 머요. 모다 어디들 갔나 했소. 근디 좋은 디 다 놔두고 우째 하필 측간에들 모였다요. 합동으로다가 설사병이 난 건 아닐 테고, 내 숭이라도 보고 계셨소? 그게 아니문 뭣 할라고 나만 쏙 빼놓고 이래 모여 있다요. 호호. 아이고, 됐소. 농으로 한 소리요. 뭘 그리 손까지 사래질을 하고 그란다요. 언니답지 않게. 언니가 그라고 정색한게 농 꺼낸 사람만 무안허요.

여그는 조용하니 좋긴 좋소. 말이 측간이지 요새 측간이 어디 측간이오. 못 사는 사람들 안방보다 좋은 게 이란 데 측간 아니오. 저짝에 담배 피우라고 만들어논 자리에는 먼 가시내들이 그리 많은지, 역사 근처라 그런가 다른 디보다 까진 지집들이 좀 많은 것 같소. 어린년들 담배 피우는 상판대기 마주보기는 참 흉혀서 못 있겠습디다요. 그라고 보면 세상 참 다됐소. 젊은 가시내들 흰한 자리에서 담배 피우라고 나이 먹은 우리가 측간 차지하고 앉았으니 말이오. 요새 젊은것들은 뭐 그리 세상 독한 맛을 안다고 그리 담배를 피우는지 모르겠소. 우짤 때 보면 교복 입은 얼라들도 담배 물고 지랄 안 하요. 얼마 전에는 말이오, 언니. 내가 일 나갔다가 집에 오는데, 아파트 놀이터에서 말이오. 암만 많이 봐도 중학교도 졸업 안 했을 것들이 놀이터에 앉아서 담배를 물고 있더란 말이오. 그래서 내가 그년들을 닦달을 안 했소. 물론 요새 어린 가시내들 무서운 건 나도 알지라. 그래도 마빡에 피도 안 마른 것들이 그라고 앉아 있는데 아이고 순간 눈이 뒤집어지지 머요. 그래서 내가 그 가시내들을 불렀지요. 근디 이년들이 오도 않고 눈깔만 휙 치켜들더니 날 츠다보기만 하지 머요. 그래서 내가 냅다 욕을 안 했겄소. 야, 이 쌍년들아. 어디서 눈을 치켜들고 쳐다봐. 쥐방울만한 얼라들이 그년들 바로 옆에서 미끄럼도 타고 흙장난도 해가며 놀고 있드만, 얼라들이 멀 배우겠소. 그래서 이년들아 담배를 피울래문 느그 집 안방에 가서 에미 애비 앞에서 피워라잉. 얼라들 앞에서 이거이 먼 짓거리들이여, 하고 소리를 질렀당게. 그래도 그 가시내들이 아조 독한 년들은 아니었던게

비요. 가재미 새끼덜마냥 눈만 오른쪽으로 왼쪽으로 굴리더니 그냥 가버리덜 안 하요. 하튼 요즘 것들은 너무 발랑 까져서 큰일이오. 우리 때는 그 나이에 담배가 다 뭐요. 솔직히 담배가 뭐 좋소.

젊은 엄마는 언제 적부터 담배를 피웠소? 아직 피부가 탱글탱글하니 담배 피우기는 좀 아깝소. 담배가 사람을 오래 살릴랑가 일찍 죽일랑가는 몰라도 피부에 안 좋은 건 사실이라 안 하요. 아이고, 아니오 아니오. 내가 지금 젊은 엄마 타박하는 거 아니오. 젖꼭지가 큼직한 게 서방복도 있겠고, 얼굴이며 어깨살이 투실투실한 게 두루두루 복깨나 있는 상인디, 먼 고민이 있어서 담배를 다 태우나 싶어서 묻는 거요. 언니는 젖꼭지가 크면 서방복 있단 말 못 들어봤소? 옴마 그란 속담도 하나 모르고 나이를 얼루 잡쉈소. 하기야 옛말이라고 다 맞는 것도 아닙디다. 내 젖꼭지 좀 보시오. 동글막한 구슬 같은 거이 작은 젖꼭지는 아닌데, 언니도 알지요, 내 서방? 그 징헌 인간 저세상 가도록 부린 패악 생각허문 내가 지금도 자다가 벌떡 안 일어나요. 에고 뭔 야그인지 들을 것도 없소. 세상에 신파란 신파를 죄 갖다 엮으면 그게 바로 내 인생이오. 아따, 술 안 먹고 딴 지집 안 쳐다보문 순한 양반이오. 옛말에 지집질 하는 놈 술 안 먹고, 술 먹는 놈 도박 않고, 도박하는 놈 술 안 먹는다고 했소. 그 웬수, 아침에 눈뜨면서 화투짝이오. 운수떼기로 하루 시작해서는 잠들도록 그 화투짝을 놓는 법이 없소. 그거 쳐다보느라고 다른 지집은 쳐다볼 새도 없었을 것이오. 도박에 환장한 것들은 손꾸락 잘라놓으면 발꾸락으로 하는 뱁이거든. 그거이 대마초보다 더 고약하다요. 부자 망해도 삼 년 간다지만 도박으로 망하면 하루도 못 가는 뱁이오. 그렇다고 그 웬수가 사는 형편이 있어, 가진 꼬라지가 있어. 죽어라 파출부 해서 들고 오는 돈을 죄 쳐들고 나가서 화투짝에 발라대는데, 아주 사람 환장을 하게 만든당게. 내가 속이 터져서 그 말은 길게 못허요. 황천도 곱게나 간 줄 아시오. 화투 치러 천둥강아지 뛰듯 뛰어가다가 차에 안 받혔소. 보상금 한 푼 못 받게 사람 건널 질목도 아닌 데서 뛰다가 그랬으니, 사나 죽으나 도움 안 되는 웬수요, 그 잉간이. 초상 치면서 내가 얼마나 울었는지 아요? 사람들은 그래도 서방이라고 설워 우는 줄 압디다만 그 잘난 서방 떠난 게 섭기는 머시 설워. 그 화상하고 살아온 내 팔자가 또렷하니 생각나면서 그게 설워 눈물이 납디다. 이 갈듯이 뽀득뽀득 갈아서 강물에 뿌려주고 솔솔 떠내려가는 거 보면서 내가 그날은 담배 한 대 피웠소. 내 사는 동안 절대 담배하고 술은 안 할라고 했는데, 죽은 송장 가는 길에 좋아하던 담배 연기나 맡고 가라고 한 대 피워서 바람에 실어줬소. 내 속도 답답허고. 담배하고 술을 머담시 안 배우기는, 그냥 안 배우는 거지. 젊은 엄마도 요상한 질문을 다 하요.

근디 언니네 아저씨는 좀 어떻소? 여전히 눈만 깜짝거리고 있소? 거 참 큰일이오. 그라고 십 년을 가는 양반도 있다던데,

설마 그러기야 하겠소. 일어나지를 못할 거 같거든 얼릉 당신 길 가시는 게 순리인데, 숨은 혼자 쉰다고 했지요? 젊은 엄마는 몰랐소? 아이고 내 정신 좀 봐. 오늘 첨 본 젊은 엄마가 뭘 안다고. 호호. 내가 정신이 이라요. 이 언니 아저씨가 몇 해 전 겨울엔가 혈압으루다 쓰러져 가지고 여태 일어나도 못하고 눈만 꿈쩍거리고 누워 있당게요. 잉, 그래 맞소. 그 식물인간. 언니 그거라고 했지요? 그렇게 초반에 한방병원에 가서 침을 놨어야 하는디. 쓰러지자마자 죽은피부터 쭉 빼면 사람이 반푼이 되는 수는 있어도 그라고 허망하게는 안 누워 있는 벱인디. 이 언니가 아저씨 때문에 안 한 게 없소. 병원에서 수술도 두 번인가 세 번 했는데, 한 번만 더 하면 낫는다, 두 번만 더 하면 낫는다 말만 요란시럽게 하고, 막상은 산송장 데리고 실험을 했능가 또 모르는 일 아니겠소. 보호자도 없이 의사가 수술실 데리고 들어가서 먼 장난을 치는지 우리 같은 사람이 대체 뭘 알겠소. 언니가 너무 순해서 안 그라요. 의사 멕살잡이를 해놨어야지. 허란 대로 다 하는 바람에 돈만 죽어라 들고 아저씨는 그라고 누워 있고, 언니 팔자도 징혀요. 그래도 언니네 아저씨는 순하고 좋은 양반이었담서요. 아저씨야말로 술을 했소, 지집질을 했소. 노름도 안 혔담서요. 원래 타고난 돈복이 없는 것을 우짤 것이요. 그라도 언니는 아덜들이 여간 실허지 않담서요. 병원비가 어디 한두 푼이오. 이 언니가 아덜만 둘인디, 하나같이 인물도 좋고 머리가 영특혀서 다 대기업 다니는디, 즈이 아부지 병 바라지 하느라고 연애도 않고 즈이 엄마를 그래 끔찍하게 위한당게요. 그만 혀도 언니는 복 받은 거요. 내를 좀 보시오. 서방이 있어도 화투질이고, 얼라가 있어도 걸핏하면 집구석 뛰쳐나가 어서 머하는지도 모르고, 이날 입때껏 내 손에 물 묻혀야 찬밥이라도 한술 떠먹을 수 있으니 여자 팔자 참말로 뒤웅박 팔자요.

아니오. 이 언니하고 나하고도 여그 찜질방에서 첨 만나서 일케 말 지분거리다가 친해졌소. 그라고 봉게 언니, 우리가 안 지도 꽤 지났소. 우리가 언제 첨 봤소? 일 년이 지났소, 이 년이 지났소? 가물가물하네. 하긴 날짜가 다 먼 소용이오. 물소리도 없이 흐르는 게 세월인디. 다 흘러갔나 싶으면 아직도 한참이고, 끝이 멀었나 싶어 보면 황천이고, 그게 세월이오. 이 언니는 집이 이 근처라 서방님 병 바라지 하다가 갑갑증 나면 이렇게 오고, 나는 집은 여기서 멀어. 쩌그 서울 끝짝인데 나 댕기는 파출부 사무실이 이 근처라 일도 없고 심심허고 그라면 일루 와서 땀도 빼고, 우유도 마시고, 한숨도 자고 그라고 댕겨. 집에 가봐야 반갑다고 짖어주는 개새끼 한 마리 없응게.

나는 여그 앉아서 기차 소리 듣는 게 참 좋소. 창문에 앉아서 슬렁슬렁 떠나가는 시커먼 차를 보고 있으면 좋아서 맘이 다 울렁울렁거려. 언제고 집 나간 우리 아덜 소식만 들으면 내가 꼭 그 기차를 탈 것이오. 암만 속을 썩여도 내 배 아파 낳은 내 새긴데 그냥 갈 수야 없제. 어쩌다 철들어가지고 기어들어왔는데, 에미가 간 데도 없으면 쓰겠소. 어디 가면 간다고 말은 혀놓고 가야제. 어딜 가냐고? 낭군 찾아가요. 흐흐. 농이오, 농. 가기는 어딜 가겠소. 나 살던 디 가는 거지. 나가 스무 살 때까지는 목포에 살았소. 고향은 저그 충남인디, 살기를 목포서 살았어. 나가 목포서 오래 살아서 말이 이래도 전라도 사람은 아니오. 그랑게 전라도 사람 취급하지 마시오. 나가 그 잉간들 좋아를 안 하요. 그 잡것들한테 당하고 산 거 생각하문 지금도 심장이 벌떡거리게.

근디 젊은 엄마는 나이도 어린 냥반이 뭘 도라지 담배를 다 피우요. 서방님하고 나이 차가 좀 지는가 봅네. 나이든 서방 것 몰래 훔쳐 피우다 맛 들인 거 아니오. 잉? 젊은 엄마가 서방이 없소? 그람 청상이오? 것도 아니면, 아니 시집을 안 갔소? 우째 여태 시집을 안 갔소. 얼굴도 반반한 게 좋다고 따라붙는 사내들이 한둘이 아니었겠구만. 그라고 봉게 내가 젊은 엄마 젊은 엄마 소리 한 거이 영 미안시럽네. 그럼 머라고 불러야쓰가. 성이 머요? 박이요? 그람 미스 박이라고 부르면 될랑가? 그래 미스 박은 왜 여태 결혼을 안 했다요. 나이가 그래도 얼추 서른 중반은 넘어 보이는데, 서른아홉? 보기보다는 솔찬히 먹었네. 그래도 애를 안 낳아서 그렁가 피부가 영 좋네. 한 살이라도 더 묵기 전에 얼렁 시집가지. 젖꼭지가 아깝네. 가면 사랑받았을 긴데. 흐흐. 진짜로 왜 안 갔소? 젊어서 먼 팔자 사나운 일이라도 있었소? 아따 언니는 내가 뭘 넘겨잡는다고 그라요. 내가 뭐 무시해서 그라요. 우리 엄마는 기생 아니었소. 아니, 아니, 미스 박이 그렇다는 소리가 아니라. 아니라니까. 언니는 왜 분위기를 요상시럽게 잡아가지고, 이 젊은 엄마, 아니 미스 박이 오해하게 만들고 그런다요. 미스 박이 그랬다는 게 아니라, 으매 이걸 우짜면 좋을까. 아이고 얼굴 뻘게질 것 없소. 시집 안 간 게 머 숭이당가. 잘했소. 잘 안 갔소. 여자 팔자 뒤웅박 팔자라고 내가 좀 전에 안 했소. 좋은 서방 만나는 복 타고 난 거 아니면 혼자 사는 게 백번 낫지. 암만 백번만 나을랑가, 천번도 낫지.

실은 내가 우리 엄마랑 성이 같소. 우리 엄마가 일정 때 물장사를 했소. 팔자가 박복하면 그냥 술이나 팔지, 하긴 물장사 하는 팔자들이 곱게 술이나 따를 팔자이기는 하간. 내가 죽은 양반 두고, 그것도 엄마라는 사람을 두고 할 소리는 아니지만, 울 엄마가 피가 이만저만 뜨거운 여자가 아니었소. 어찌나 몸이 뜨거운지 사내가 없으면 잠을 못 잤다는 거 아니오. 그러다 유부남이랑 정분이 안 났소. 얼래, 진짜랑게. 젊은 엄마, 아니 미스 박이 안 믿나부네. 내가 원래 팔자가 신파라고 아까침에 말 안 했소. 서방은 노름질하다가 뒈져, 엄마는 기생질하다가 애비 없는 자식 만들어, 나가 테레비에서 악극 같은 거 하면 그만 확 꺼버리오. 남들은 눈물 빼고 앉아서 보는데 나헌티는 그게 똑 내 이야기거든. 실은 담배고 술이고 안 배운 게 우리 엄마 탓도 있소. 우리 엄마가 말이오. 술도 잘하고 담배도 잘했거든. 난 치고 가야금 켜는 기생이야 고급 기생이고, 그렇다고 우리 엄마가 니나노는 아니었소. 유명했지. 목포에 가면 말이오. 귀로장이라고 아주 큰 요정이 있었는데, 예전에 정치한다 하는 양반들 중에서는 귀로장이라고 하면 모르는 양반이 없었소. 요즘 테레비에 나오는 양반들 가운데 귀로장에 안 왔다 간 사람 없소. 실은 우리 엄마는 기생도 아니지, 요즘 말로 하면 마담이오, 마담. 기생 여럿 두고 물장사를 했으니까. 그려 마담도 아니고, 사장님이네 사장님. 근디 허다하게 지체 높은 양반들 드나드는 데서 물장사하면서 하필이면 충청도 어디 촌구석에서 어쩌다 마실 나온 이하고 눈을 맞췄는가 모르겠소. 돈이 있는 사람도 아니고, 근본이 있는 사람도 아니고. 하기야 돈 있고 근본 있는 양반 꼬랑지 잡았다고 뭐가 달라졌을까마는, 하룻밤에 만리장성 쌓아 나를 뱄는데, 나는 그다음 대목이 이해가 안 돼요. 얌전한 츠녀가 우짜다가 배불러가지고 찾아가도 문전박대당할 시상에 물장사하다가 배불러가지고 쫓아가면 그 집서 며느리를 삼겄소, 마누라를 삼겄소. 나 같아도 소금 뿌려 내쫓았을 것이오. 진작에 지웠으면 내도 엄니도 그 고생은 안 했지. 그 머리 좋던 양반이 뭣에 씌었는지 참 알다가도 모르겄소. 내치는 사람 근방에서 기어코 나를 낳아가지고는 거그서 일곱 해를 더 살았소. 그라니 내 고향이 목포는 아니지. 요릿집이야 그전에 닫았지. 바람난 여편네가 장사는 지대로 했겄소. 뭘 해서 날 키웠는지는 모르겠소. 나를 지대로 키우기나 했간. 그라고 도로 목포로 데리고 와놓고도 당신 새끼니 맘대로 잡아잡슈, 하고 애비라는 사람 집에다 떠넘겼다가 내 새끼니 도로 내놔라 하고 데려갔다가 사람 새끼를 공 던지듯 줬다 뺐었다 하는데 바로 이웃집 담으로 넘기는 것도 아니고, 충청도에서 전라도로 사람을 옮기는데 내가 똑 죽을 맛입디다요. 이짝 저짝 할 것 없이 동네 애덜이고 어른들이고 우리만 지나가면 소금 뿌리고 혀를 차고 돌멩이 던지고, 도둑괭이도 그런 대접은 받지 않았을 것이오. 오가는 길에 이대로 세상이 끝장나면 얼마나 좋을까. 이번에 가는 길이 마지막이면 얼마나 좋을까. 그러다가 어느 날은 충청도에 가니 애비라는 인간이 죽고 없습디다. 울 엄마는 무슨 조강지처라고 소복 곱게 받쳐 입고, 그 집에서 머라거나 말거나 앉아서 대성통곡을 하는데, 나는 뒤에서 몰래 박수치고 웃었소. 이제 더 안 댕겨도 되는구나 싶어서. 그리 좋을 수가 없습디다…… 얼라. 내가 첨보는 젊은 엄마, 아니 미스 박 앞에서 별소리를 다 하는구만. 언니 내가 오늘 말이 좀 많지요. 근디 말을 해도 해도 맴이 헛헛하네. 언니 우리 차가운 식혜나 좀 마십시다. 언니가 사다주실라고? 아이고 고마워라, 그람 부탁 좀 헙시다.

저 언니가 참 좋은 양반이오. 나는 츰에 담배 피우고 앉았는 거 보고 웬 팔자 사나운 여편네인가 했는데, 사람이 참 순하고 저리 좋을 수가 없어. 누운 서방님이나 얼렁 좀 돌아가시면 좋을 텐데. 그라문 내가 저 언니랑 손잡고 목포를 한번 갈 틴데.

아들이야 뭐 언제 돌아올지 솔직히 누가 알겄소. 문패에다가 아야, 엄마는 여행 쪼매 떠났다, 하고 붙여놓으면 안 되겄소? 호호. 올 엄마 이야기나 조금 더 해보라고? 아이고 먼 야그를 더 하라고 그요. 미스 박은 내 야그가 재밌소? 허기야 모르는 넘이 들으면 소설 같기도 하고 영화 같기도 할 거요. 가끔은 내가 생각해도 내가 살아온 게 꿈이 아닐까 싶당게.

우리 엄마가 연애질 말고 또 잘하는 게 바로 술하고 담배였소. 웬만한 장부도 그 술에 못 당허요. 그란데 진짜 못 당허는 건 따로 있소. 뭔고 하니 바로 그 술버릇이요. 술 먹는 것도 좋고 담배질하는 것도 좋은데, 우리 엄마가 말이요, 아유, 내가 창피스러워서 참말로 입에 올리기도 부끄럽구마는, 시상에 우리 엄마가 술 취하면 어땠는 줄 아요? 옷을 벗소. 저고리도 벗고, 치마도 벗고, 빤스도 벗고, 당신이 무슨 하강한 선녀 줄 아는지 한 자락 한 자락 옷을 벗소. 그라고 홀딱 벗고 앉아서 술을 먹는데, 문제는 그러다가 갑자기 들입다 밖으로 내빼는 거여. 여름이고 겨울이고도 없어. 내 속에서 열불이 난다, 내 속에서 열불이 난다, 그라고 뛰어요. 다행히 옛날에는 지금처럼 길에 가로등도 없고, 집집마다 전등도 훤하지 않아서 그라고 나가도 금세 보이지는 않어. 빨개벗고 그 컴컴한 길로 냅다 뛰어가는 엄마를 그래도 나는 엄마라고 뛰어가서 잡거든. 어쩔 것이여. 그래도 엄마인데. 을매나 창피한지는 말도 못혀. 창피하니까 엄니 덮어줄라고 손에 잡은 이불 홑청으로 내 얼굴 가리고 그 뒤에서 같이 뛰는 거여. 달이라도 뜨면 말이우. 울 엄마가 살결이 고왔거든. 내 몸 좀 보시우. 몸만 보면 환갑이 지난 몸이라고 믿어지시우? 늙은이치고는 우유처럼 하얗고 매끈하잖소. 이게 다 울 엄마를 닮아서 그런 것이오. 어쨌거나 우리 엄마 그 허연 몸뚱이가 우어우어 울면서 뛰어가는데, 엉덩이도 동그랗고 젖통아리도 동그랗고 그 동글동글한 몽치들이 공처럼 사방으로 튀는데, 창피해서 막 울면서 쫓아가다가도 어떨 때는 그 하얀 몸뚱이를 보면 가슴 한 켠이 서늘하니 쿵 내려앉아. 좀 전에 자다가 일어났을 때처럼. 그라고 봉게 내가 꿈에서 엄마를 봤던 건 아닌가 모르겠네.

울 엄니가 목포에서도 알아주는 미인이었소. 목포 귀로장 이순임 여사 하면 모르는 사람이 없었어. 배우기는 또 얼마나 많이 배웠는지 일본어도 잘하고 영어도 잘하고, 한자도 척척 읽고, 몸도 가늘가늘하거든. 물장사를 했어도 배운 것도 없는, 근본 없는 다른 지집들하고는 달랐어. 그랑게 귀로장은 요즘으로 따지면 고급 요정 같은 곳이었거덩. 고관들만 상대했으니께. 머리도 영특하지, 얼굴 곱지. 그 가늘가늘한 몸에 엉덩이하고 젖통아리만 동그랗게 투실투실 살이 올랐는데, 어린 내가 봐도 그 몸이 참 이뻐. 그러니 그 몸이 뜨겁기는 또 을매나 뜨거웠을 것이여. 그 하얗게 이쁜 몸으로 술만 취하면 어떤 날은 환한 대낮에도 부끄런 줄 모르고 막 뛰댕겨. 내가 쫓아가다 다 못 쫓고 울기도 여러 날 울었수.

담배질할 때는 또 생판 사람이 달라져. 길쭉한 손가락에 담배를 이렇게 끼워가지고 꼭 창가에 앉아. 창가에 앉아서는 눈을 요로코롬 살짝 내리깔고는 담배 한 모금 빨고 연기 한 번 내뱉고, 또 한 모금 빨고 연기 한 번 내뱉고, 연기를 뱉을 때마다 턱 끝을 살짝 삐딱하게 쳐드는데 남자들이 아주 환장을 해. 이쁘거든. 남정임이가 와도 형님 할 정도로 이뻐. 한번은 엄마 없을 때 나도 창가에 그러고 앉아서 담배를 한번 물어봤지. 물론 불이야 못 붙이지. 그라다가 엄마한테 걸려서 정말 죽어라 맞았소. 우스운 게 나는 엄마 보고 따라 했는데, 먼지 나게 패면서 못난 건 전부 즈이 애비 닮았다고 합디다. 그거에 놀라서 담배 안 배운 건 아니고. 뻴 이유 아닌데, 자꾸 물어싸니 내가 대답하기가 더 민망스럽소. 그냥 우리 살던 근처에 법사 아줌마가 하나 있었소. 무당도 아니고 점쟁이도 아니고, 그냥 절에 드나들면서 신수풀이 해주는 그런 냥반인디, 어느 날은 그 아줌마가 내 관상이나 손금을 들여다보더니 그라더라구. 니는 담배도 술도 배우지 말아라, 아니 그냥 배우지 말아라도 아니고, 절대 배우지 말아라고 신신당부를 하는 거야. 손을 꼭 잡고 당부하길래 은근히 반발이 나서, 왜요? 하고 대들듯이 물었더니 그라더라고. 니처럼 사나운 팔자 타고난 사람은 곱게 살아야 혀. 술 먹고 담배 피우고 살면 시상 험해서 못 살아. 그때가 열세 살인가 열네 살인가 그도 안 됐나 그런데, 그 말이 콕 박힙디다. 시상이 어떤 건지는 몰라도 험한 게 먼 줄은 내가 그

나이 때 이미 사무치게 알았소. 그란디 것도 다 헛것이여. 담배고 술이고 안 해서 내 팔자 그동안 편한 게 머가 있간디. 먼 일 있을 적마다 그 말이 생각나서 콧방귀를 뀌기도 많이 뀌었지. 그람서도 곱게 살라고 살아도 이 모양인디, 술 담배 하면 먼 더 험한 일이 있을랑가 싶어서 실은 나는 그게 무서워서도 못허요. 그라고 누구 머 볼 줄 아는 사람이 그라는디, 나는 이라고 고생 안 하면 일찍 죽을 팔자라고 합디다. 나는 신수 편해지면 그날로 황천 가는 사주라 손끝에 물 묻히고 고생해야 그래도 제 명은 다 하고 죽는다고 합디다. 개똥밭에 굴러도 이승이 좋다 안 허요.

미안스러운 말이지만 내가 미스 박 봉게 그때 그 법사 아줌마 말이 생각나네. 나는 머 볼 줄은 모르지만 미스 박이 생긴 게 복실복실하게 생겼는데 여태 시집도 안 간 거이 그 담배 땜시 그랑게 아닌가 싶어서 말여. 사람 팔자가 타고난 것도 있지만 저 하는 거에 따라서 달라지기도 하는 벱이거든. 건강하게 오래오래 산다고 담배 끊어가며 요란 떠는 거 나는 믿지도 않고 좋아 보이지도 않지만, 그래도 신수가 꼬인다 싶으면 해론 것들은 좀 거리를 둬야 하는 벱이여. 좋은 땅에서 이쁜 꽃이 피는 것이거든. 그냥 나 혼자 생각이 그렇다는 것잉게 맴에는 크게 담아두지도 말고. 근데 사는 곳이 여 근방이오? 잉, 기차 탈 냥반이오? 여그서 선잠 자는 거 봉게 새벽 기차를 탈랑가보네. 아니제. 어디 좋은 데 가는 거라서 기차 타기 전에 땀 빼고 목

욕까장 하는 건지도 모르제. 여튼 좋겠소. 부럽구만. 행선지가
어디쯤이오? 아니지 어디면 어떻겠소. 어디고 훌훌 벗어던지
고 가는 거이 좋은 거이지. 그런데 말이여, 좀 뜬금없는 말일랑
가 몰라도 고생스러워도 이승이 좋아. 사는 게 모지락스러워
서 가끔 죽을 생각도 해봤는데, 아니여, 이제 와서 생각해보문
그래도 살기를 참 잘혔어. 그나저나 이 언니는 식혜 한 그릇 사
러 가서 왜 일케 안 오나 모르겄네.

　미스 박 나이가 서른아홉이라고 했소? 우리 딸하고 얼추 나
이가 비슷한가. 띠가 무슨 띠요? 뱀띠? 그람 같은 나이구만. 그
랑게 우리 딸이 살았으면 벌써 서른아홉이었구만. 잉, 죽었소.
오래 되아서 기억도 잘 안 나. 갸가 울 엄마를 똑 닮은 년이여.
생긴 것도 곱고, 몸매도 가늘가늘하고, 머리도 영특해서 대학
까지 나왔소. 왜 죽었는지는 모르겄소. 연애질을 하다 실연을
당했나 싶었는데, 친구들은 절대 아니래. 갸가 공부밖에 할 줄
몰라서 자기들이 그렇게 남자를 소개시켜준다고 해도 싫다고
했었대. 다른 날처럼 아침에 환하게 웃으면서 인사하고 나가
서는 죽어서 왔더라구. 약을 한 움큼 먹었다는데, 친구들은 아
니라지만 아무래도 연애질을 했지 싶어. 염할 때 보니까 배가
아주 조그맣게 동산처럼 부풀어 있더라구. 죽을 만큼 처먹은
약이지만 수십 알로 그렇게 배가 봉긋할 리도 없고. 울 엄마 구
신이 씌었던 건 아닌가 몰라. 갸가 울 엄마랑 똑 닮은 년이었거
든. 이 야그는 비밀이오. 아까 그 언니도 모르는 이야기요. 내

가 아무리 입이 방정이어도 어린 자식이 지 손으로 목숨 끊은 게 머 좋은 일이라고 넘들헌티 이야기허겄소. 미스 박 봉게 어째 내 딸 같아서, 내 딸이 살았으면 딱 그 나일 텐데 싶어서, 내가 딸년을 가슴에 묻고 나서는 이때껏 그런 년 있었던 것도 야그한 적 없는데, 오늘 첨으로 그 야그 한번 꺼내는 것이오. 아이고, 나도 담배 하나 주소. 오늘은 나도 담배나 한번 피워볼라요. 실은 내가 이 도라지 담배는 어쩌다가 갑갑증이 올라와서 영 꺼지지 않으면 한 번씩 피우고 그라요. 한약맛이 솔솔 나는 게 좋습디다.

어디로 갈 건지 정하고 가는 길은 아닌갑소? 그람 목포를 한번 가보소. 거그가 좋소. 유달산도 좋고, 항구도 좋고. 내려가다보면 터널을 지나는데, 그 터널도 참 좋소. 여태도 그 터널이 있는지 모르겄네. 스무 살 때 설 올라와서 환갑을 지냈는데 거그도 많이 변했을 것이여. 갔다 온 사람들 말을 들으면 어디가 어딘지 통 모르게 달라졌다고 하털 안 하요. 음식 좋아하면 홍탁도 한번 자셔보고. 하긴 설 사람들은 그거 구려서 먹지도 못할 것이오. 진짜 홍어도 없을 것이여. 가자미 같은 걸로 흉내 내서 홍탁이라고 할지도 모르지. 그게 한입 입에 넣으면 알싸한 게 입을 탁 쏘면서 콧구녕부터 발구녕까지 죄 시원하게 뚫리거덩. 여그서는 홍탁이라고 파는 것들이 죄다 밍밍해서 못써. 나는 죽기 전에 목포에를 꼭 가보고 싶소. 그랗게 사람이 요상헌 동물이지. 거그서 먼 좋은 일이 있었다고 늙을수록 거

그가 생각나는지 모르겠소. 여우맹키로 죽어서 고향으로 머리를 둘 거 같으면 내가 충청도로 머리를 눕혀야 맞을 틴디, 이쁜 서방보다 미운 서방을 더 못 잊는다더니 꼭 그 짝이오, 내가. 가봐야 귀로장이 있을 것이여, 나 울고 서 있으면 와서 가끔 찐빵 한 개씩 쥐여주던 대머리 아자씨가 있을 것이여, 애비 없는 자식이라고 기생 딸이라고 놀리던 짓궂은 머스마들이 있을 것이여. 울 엄마 술 취해 홀딱 벗고 뛰던 유달산만 저 홀로 안녕하겠지. 그래도 나는 거그가 가보고 싶어. 미스 박이 내 대신 가서 인사 좀 전 해주드라고. 내가 여그 역전 찜질방에 자주 와서 있는 것도 바로 언젠가 내가 타고 갈 기차를 볼라고 하는 것이여. 집은 서울 끝 짝에 두고 머할라고 여까지 와서 파출부 사무실에 등록했겠소. 서울 시내에 허다한 게 파출부 사무실이고, 돈푼이나 좀 제대로 만질라면 강남에 있는 사무실에 댕겨야 하는데, 여그 사무실에는 일도 없어서 허구헌 날 이 찜질방에 앉았는데 말이여. 그게 다 저 기차 때문이오. 기차. 언젠가는 내가 저 기차를 타야지. 내 살던 목포에 가야지. 미스 박, 내가 노래 하나 불러줄까? 이 노래 알랑가 모르겠네. 흠흠. 목청부터 가다듬고, 막상 부를랑게 좀 쑥스럽네. 주책맞은 늙은이 재주부린다 생각하고 들어보소. 흠흠. 자알 있거라 나는 간다아. 이별의 마알도 없이 뜨나가느은 새벽 열차 대전발 영시 오십분. 세상은 잠이 들어 고오요한 이 밤 나만이 소리치며 우울줄이야 아아아아~ 붙잡아도 뿌리치는 목포행 완행열차. 나는 이 노래만 들으면 맴이 지르르르 아퍼. 속에서 머이가 자글 자글 끓어. 이 절도 있어. 이 절은 더 슬퍼. 가사가 어떻게 시작 되냐면 말이지. 응 그래, 기적소리. 기이적 소리 슬피 우는 눈 물의 프을래트…… 아이고 언니 왔소. 무슨 식혜를 사러 그리 한참을 다녀왔소. 매점 여자랑 내 숭이라도 보구 왔수? 언니가 하도 안 와서 내가 이 미스 박 앞에서 노래를 다 불렀소. 머는 멀 불러요. 내 십팔번이나 불렀지. 어서 식혜나 주시오, 목이나 축이게. 자 미스 박도 늙은이 풍월 듣느라고 고생했는데, 여그 식혜나 좀 드시오. 그냥 갈라요? 우째? 오매 내가 사설이 너무 길었제. 미안혀서 우짤까나. 새벽에 떠날 양반잉게 눈이라도 좀 붙여야 하는데. 기차칸에서 자는 잠이 그게 어디 잠이간. 잘 가시고. 그새 정이 들었나. 이라고 보낼라니께 서운허네. 담배 야그는 잊지 마시고, 세상 다 산 늙은이 걱정 많아 하는 소리지 만, 아직 고운 나이니 이쁘게 살면 좀 좋소. 부디 건강하게 오 래오래 사시오. 갈 데 없으면 목포로 가소. 인연이 닿으면 낸중 에 유달산 아래서 또 마주칠랑가도 모를 일 아니겠소. 하냥없 이 지분거리는 거 지겨웠을 텐디 들어줘서 내가 고맙구만. 그 라소, 잘 가소. 잘 사시오. 잉, 그려, 자알 사시오.

……언니. 저 처자가 참 곱지. 우째 아직 시집도 못 가고 저 리 떠돌까. 먼 팔자 사나운 일이 있었길래. 언니, 참 이상하지. 미스 박 말이여. 저리 환하게 웃으면서 인사하고 돌아서는 뒷 모습이 어째 이리 구성지게 와닿을까잉. 예전에 언젠가 저런

뒷모습을 본 적이 있지라. 동그란 어깨는 저리 무겁게 쭉 늘어뜨렸는데, 걸음은 허방 위에 선 사람 마냥 사뿐사뿐 처량맞게 내딛는 폼이 꿈처럼 멋처럼 허랑허랑한데, 그게 죽으러 길 떠나는 사람 모습이라 안 하요. 오매 놀라라, 갑자기 먼 소리를 그리 질러쌓소. 내가 말은 많아도 아닌 입방정은 안 떠는 거 언니가 잘 암시롱 왜 타박이오, 타박이. 우리가 여기서 기차만 보고 살았소. 우리가 여기서 만난 사람들이 모다 산 사람들뿐이기만 했소. 얼라도 보고, 허깨비도 보고, 사기꾼도 보고, 순둥이도 보고, 살러 가는 사람, 죽으러 가는 사람도 다 보지 않았소. 나는 솔직히 저 처자가 똑 죽을 것만 같아 안쓰러워 죽겠소. 저 처자를 만날라고 꿈에 죽은 엄마가 보였나. 오매, 여그 담배도 놓고 갔네. 불러서 갖다줘야 쓸까. 으쩔까. 허기사 보시삼아 일부러 두고 갔는지도 모르지. 오랜만에 도라지 담배나 한 대 더 피울라요. 오매, 내가 전혀 안 피우는 건 아니라고 했잖소. 언니도 한 대 피우실라요? 우째, 도라지는 약냄새 나서 싫소? 나는 이 냄새 땜시 서방 체취 같아 좋구만, 흐흐. 근데 불은 또 어쨌소. 내가 아까 언니 줬잖소. 매점에 놓고 온 거 아니오? 어째 언니는 집 짓는 목수 연장 빠트리드끼 자꾸 불을 잃어버리오, 불을.

햇빛 밝은

사람은 죽는다. 누구나 죽는다. 죽음이야말로 모든 사람이 유일하고 공평하게 나눠 받은 신의 선물이다. 누구도 그걸 받지 못한 사람은 없다. 그런데도 사람들은 죽음을 두려워한다. 자기 혼자에게만 닥칠 일이 아닌데도 그러하다. 죽음을 피할 수는 없겠지만, 그래도 할 수만 있다면 되도록 그 순간을 늦추고 싶다고 말하는 사람들이 대다수이다.

그렇지만 그런 사람들도 어느 순간에는 죽고 싶어한다. 죽음을 두려워하는 사람들이 한순간 자살에 대한 동경과 유혹에 사로잡히기도 한다는 건 다소 아이러니한 일이다. 하지만 사랑 때문이든, 가난 때문이든, 딱 한 번 떨어진 성적 때문이든. 삶이라는 것이 본시 스스로 선택한 것이 아니라 주어진 것이고 보면, 그것이 때때로 혹은 자주 짐스럽게 여겨지는 건 오히려 당연한 일이다. 함부로 놓아버려서는 안 된다고 그들을 타이르거나 비난해서는 안 된다. 그럴 권리는 누구에게도 없다. 대신 살아줄 것도 아닌 다음에야 포기하든 말든 대체 누가 뭐랄 수 있을 것인가. 바로 그것이 그 모임이 생겨난 사상적 배경이다. 마음대로 죽게 내버려둘 것. 그러므로 그들의 모임을 일컬어 자살동호회라고 비난하는 것은 잘못이다. 그들은 당장 죽으려고 작정했거나, 죽고 싶어 환장한 사람들이 아니다. 그들이 바라는 것은 죽든 말든 내 의지대로 하겠다는 것, 그것 한 가지이다. 그러니 그들의 죽음에 대해 우리가 간섭할 필요는 없다.

그 여자 N의 첫번째 자살 시도는 아홉 살 때 이루어졌다고 한다.

여자의 식구는 모두 일곱이었고, 단칸방에 살고 있었다. 나란히 누워서 자던 몸들이 성장기에 맞춰 제각각 자리 배치를 다시 하기 시작했고, 몸이 가장 작았던 여자는 어느 날 식구들의 발치에 잠자리를 배정받았다. 밤마다 여자는 식구들의 발끝에 혼자 모로 누워 잠이 들었다. 깊은 밤 목이 마르거나 꿈에 놀라기라도 해서 깨어나면 나란히 얽힌 발들이 여자의 눈앞에 달처럼 하얗게 떠 있었다. 그걸 볼 때마다 여자는 외로웠다.

하루는 그렇게 둥실 떠 있는 발들을 보다가 문득 식구들이 자고 있는 모습이 궁금해졌다. 나를 발치에 혼자 두고 그들은 어떻게 어깨를 맞대어 자고 있을까. 그래서 조심스레 몸을 일으켜 앉아 식구들이 잠든 모습을 찬찬히 살펴보았다. 똑바로 누운 사람은 양쪽 벽을 차지한 부모와, 고등학교에 들어간 후로 키가 한참 웃자란 큰오빠였다. 그 틈에 언니와 동생들이 몸을 조금씩 웅크리거나 틀고 누워 있었다. 누구도 편하게 누워 있는 사람은 없었지만 어깨와 어깨가 맞물려 견고한 사슬처럼 보였다. 그 끝에 외따로 앉아 식구들을 바라보던 여자는 오줌이 마려워 조심스레 문을 열고 밖으로 나갔다. 마당에 쪼그리고 앉아 오줌을 누고 들어오니 그사이에 조금씩 움직인 몸들 때문에 여자가 누워 있던 자리가 없어졌다. 새삼스러운 일도 아니었다. 그럴 때마다 여자는 일단 발을 넣고 엉덩이를 비틀어 자신이 누울 만한 틈을 만든 다음 다시 잠을 청했다.

헌데 그날따라 자신의 자리가 없다는 것이 여자에게 충격적으로 다가왔다. 지금 내가 이렇게 사라져도 아무도 모르겠구나. 아주 짧은 한순간에 자신이 얼마나 쉽게 잊힐 수 있는 존재인지 알게 된 여자는 눈물이 나려고 했다. 아홉 살, 어린 나이였지만, 가난은 여자를 조숙하게 했다. 사슬처럼 단단한 발 사이를 비집고 누울 용기가 없어, 여자는 자신이 덮고 자던 손바닥만한 이불을 들고 다시 마당으로 나왔다. 그리고 한겨울이라 차갑게 얼어 있던 마당 끝에 이불로 몸을 말고 누웠다. 동사 직전에 여자는 어미에게 발견되었다. 이후 여자의 잠자리는 발끝에서 식구들 한가운데로 바뀌었다.

"······몽유병이라고 생각했어요, 식구들은. 나도 그런 척했지요."

짧은 단발머리에 앳된 얼굴의 여자 N은 그날 모임에 처음 참가했다. N의 고백을 듣던 사람들이 수첩에 기록한다. 몽유병을 빙자한 죽음. 모처럼 새로운 방법의 죽음이 나왔다는 사실에 다들 약간의 흥분을 감추지 못한다.

"깨어났을 때, 비참하지 않던가요?"

R가 다른 사람에게 이미 여러 번 했던 질문을 똑같이 반복한다. R는 실연을 당할 때마다 자살을 시도하는 여자이다. 첫번째 자살 시도에서 R는 수면제 칠십 알을 먹었다. 하지만 복통도 일으키지 않고 꼬박 이틀을 잔 후에 깨어났다고 한다. 머리가 많이 아팠던 것 외에는 별다른 신체적 이상을 일으키지 않았다. 실연의 아픔보다 깨어났을 때의 비참함을 더 잊을 수 없었다는 R는 사람들의 실패담을 들을 때마다 묻는다. 비참하지는 않았나요? 동의를 구함으로써 덜 비참해지고 싶은 욕구 때문이다.

"그 일이 내게 가르쳐준 건 죽지 않을 만큼만 죽어보는 거였어요. 치사량에서 약간 모자라는, 죽음에 이르되 죽지는 않는, 뭐 그런 거였지요."

우리 모임이 활성화되기까지는 R의 역할이 컸다. R는 세상에 흔하게 알려진 자살 방법들을 두루 시도해본 사람이다. 다양한 죽음의 방법을 찾는 우리에게 R의 경험담을 듣는 것은 아주 중요한 의미를 지닌다. 수면제와 양주를 섞어 먹기, 따뜻한 물에 불려서, 혹은 차가운 얼음으로 동맥을 마사지한 후 칼로 긋기, 스카프로 목 조르기, 백합꽃을 방안 가득 채워놓고 잠드는 호사스러운 죽음까지 R는 해보지 않은 것이 없다. 복숭아씨에서 청산가리를 추출할 수 있다고 알려준 것도 R이다. 나는 섹스를 할 때보다 손목을 그을 때 더 강도 높은 오르가슴을 느껴요, 하고 말하는 R는 죽음에 중독되어 있는 여자이다. 때문에 R가 가장 아쉬워하는 것은 총기 소지가 금지된 현행법이다. 너무 안타까워서 사냥용 총으로 해봤지만, 그다지 신통하지 않았다고 한다.

"……나는 총으로 해봤어요."

여자들이 많은 모임이라 몇 안 되는 남자 회원들 가운데 가장 활발하게 참여하는 C는 총기로 자살을 시도했던 까닭에 군복무를 다 마치지 못했다. 그의 자살 시도는 기록상으로는 훈련중 사고로 남아 있다. 부대의 명예를 훼손하지 않기 위해 그렇게 했다고 한다. C는 그게 못내 아쉽다고 한다. 한때 자신이 죽음을 향해 겁 없이 뛰어들었다는 사실을 입증할 자료를 남기지 못했기 때문이다. 왜 칼에 찔려 죽는 것보다는 총에 맞아 죽는 게 낫다고 하는 대사가 나오는 영화 있잖아요. 그게 덜 고통스러우니까. 하지만 총도 한 번에 성공하지 못하면 고통이 이루 말할 수가 없어요. 총알이 몸안에서 회전을 하거든요. 그래서 맞은 구멍은 찾아도 나온 구멍은 찾을 수 없다고 하잖아요. 총 이야기만 나오면 C는 흥분하기 시작한다. 그럴 수밖에 없다. C의 자살 경험은 그게 유일하다. 다른 건 시시해서요. C가 내세우는 이유이다. 하지만 허풍스러운 성격을 감안해볼 때, 그는 그 한 번의 경험에서 무척 강한 공포를 느꼈음이 틀림없다. 총에 맞으면 맞은 구멍과 나온 구멍이 다르다는 이야기가 부풀려진 것이라는 건, 군대에서 사고를 겪어본 사람이면 누구나 아는 이야기이다. 하지만 모임의 대부분을 차지하는 여자들은 그걸 알 리 없고, 사실을 아는 남자들도 C의 허세에 침묵해준다. 중요한 건, 우리가 한때 정말로 간절히 죽음을 원했다는 사실이다.

아주 쉽게 죽음에 성공하는 사람들도 있다. 신문 사회면에 실리는 사람들, 사업에 실패하거나, 연인이 떠나거나, 가정이 파탄 나서, 대학에 떨어져서, 라고 분명하게 이유를 말하는 사람들. 비슷한 죽음의 계기를 갖고는 있지만, 엄연히 다른 존재이다. 죽음에 성공했다는 사실도 그렇거니와, 우선 그들의 죽음은 이 모임에 참가하는 이들이 꿈꾸는 죽음과 본질부터 다르다. 그들의 죽음은 '한번 죽어볼까'에서 출발한 것이 아니다. 그들은 죽음에 대해 미리 생각해본 적도 없었을 것이다. 죽음에 대해 고민해보기도 전에 이미 죽음에 몸을 맡겼기 때문이다. 가장 절박한 것들은 그 절박함의 실체를 파악할 겨를조차 남기지 않는 법이다. 생각이 많은 사람은 쉽게 죽지 못한다.

"……외롭지 않게 죽었으면 좋겠어요."

나이가 가장 많은 L. 그는 한때 택시를 몰았다. 죽으려고 했던 장소는 한강 다리 위. 햇볕이 뜨겁게 퍼붓는 한여름이었다. 폭폭 두껍게 먼지 먹은 다리 난간 위에 L은 그네를 타듯 앉아 있었다고 한다. L의 말을 들으면서 사람들은 한여름 한강 다리 위에 앉은 늙은 사내를 상상한다. 팔월의 뙤약볕이 사내의 목덜미를 벌겋게 익혀놓았을 것이다. 송골송골 땀방울이 이마를 타고 흘러내려도 훔칠 생각조차 못하는 사내.

　"……어렸을 때 생각이 납디다. 동무들과 강을 헤엄쳐서 건넌 적이 있어요. 전쟁이 나던 해에 그 강을 건너는데 하늘에서 폭탄이 떨어졌어요. 무섭다고 강을 건너지 않던 동무가 남아 있던 자리였는데, 놀라서 돌아가보니 물고기처럼 배를 허옇게 뒤집고 죽어 있더군요. 피도 흐르지 않았어요. 폭격과는 상관없이 심장마비로 죽었나봅디다. 강물에도 뛰어들지 못하던 허약한 놈이었으니까요. 무섭도록 고요한 죽음이었지요. 강물을 보고 있자니 죽은 놈이 생각나더군요. 세월만큼이나 참 더럽게 혼탁해진 강물이었습니다. 해는 뉘엿뉘엿 넘어가고, 한참을 그렇게 난간 위에 앉아 있었지요."

　L의 추억을 따라 우리도 고스란히 난간 위에 앉는다. 위태롭고 높은 난간이다. 나이가 많아 몸이 둔해진 그가 어떻게 그 위에 올라갈 수 있었을까. 어쩌면 그는 젊어서 그 자리에 올라갔다가 그대로 늙어버린 사내는 아니었을까.

　"그런데 왜 죽으려고 했던 겁니까?"

얼마 전부터 모임에 참가하기 시작한 또다른 L이 묻는다. 그는 젊은 사내이다. 신입회원들이 으레 그렇듯이 다른 사람의 이야기를 툭툭 끊기 일쑤인데다 질문도 많다. 어떤 이야기 중이든, 어떤 상황에서든 궁금한 것이 생기면 즉시 알아내야 한다. 질문은 육하원칙에 따라 이루어지는 경우가 많다. 마치 젊은 형사 같다. 젊은 L 때문에 늙은 L의 회상이 동강 잘린다. 몇 번을 들어도 늙은 L의 죽음은 서정적인 데가 있다. 잘린 서정이 안타까워서 몇몇이 입맛을 다신다.

"글쎄, 왜 죽으려고 했더라."

늙은 L 또한 추억이 끊겨버린 것이 마뜩잖다는 투이다. 사실 젊은 L의 질문은 우스운 것이다. 왜 죽으려고 하다니, 사람이란 어차피 모두 죽음을 향해서 가고 있는데 새삼 죽음에 이유가 필요하다니. 저절로 던져버린 죽음에 이유 같은 건 없다. 있다면 핑계가 있을 뿐. 살아 있는 사람들을 위한, 이러저러하니 내 죽음에 대해 더이상 추억하거나 상관하지 말고 살아달라는, 오직 남은 사람들을 위한 핑계. 죽으려고 하는 것이 아니라 잊히고 싶은 거라는 걸, 나에게서 남에게서 잊히고 싶은 거라는 걸 젊은 L은 아직 이해하지 못하고 있다.

"그럼, 왜 살아 돌아왔나요?"

눈치 없는 L이 다시 끼어든다.

"외로워서 그랬수."

늙은 L의 퉁명스러운 대답.

"외롭다니요?"

여전한 L의 질문 공세. 잠시 뜸을 들이다가 늙은 L의 대답이 이어진다. 회상을 덧붙이려는지 구수하고 처연하고 느릿한 말소리이다.

"내가 거기에 한나절을 앉아 있었수. 아니 진종일을 거의 다 앉아 있었단 말이우. 헌데 말이우, 그렇게 앉아서 세월을 더듬고 가족들을 생각하고 있는데, 갑자기 이상하다는 생각이 들지 않겠수?"

"이상하다니요?"

또 L이다. 아랑곳하지 않고 느릿느릿 늙은 L이 말을 이어나간다.

"생각해보시우, 거기가 다른 데도 아니고 한강 다리 위 아니우. 인적이 드문 시간도 아니고, 고즈넉하게 풍광을 즐길 만한 곳도 아니고, 내가 앉아 있는 동안 사람도 지나다니고, 차들도 쌩쌩 달려가고 있었는데, 누구 하나 나를 잡지 않더란 거지. 마치 내가 투명인간이라도 된 것처럼 그대로 다들 지나쳐가고 있다는 생각이 드니, 이게 뭘까 싶은데, 허망한 것도 아니고, 두렵다고나 할까, 그래. 두려움이 맞겠수. 무서웁디다. 정말 겁나게 무서웁디다. 내내 편안히 앉아 있던 자리가 위태롭게 느껴지고, 죽기도 살기도 무섭단 생각이 드는데, 등에서는 식은 땀이 주르르 흐르고, 일단 그곳을 벗어나야겠다는 생각밖에는 들지를 않는 거라. 허둥지둥 어떻게 내려왔는지 모르게 내려오고 보니, 허허, 하루종일 아무렇지도 않은 요의가 느낌도 없이 복부를 강타하더니, 주춤할 겨를도 주지 않고 바지를 주르르 지리지 뭐유."

이번에는 아무도 늙은 L의 말에 토를 달지 않는다. 잠시 침묵이 흐른다. 저마다 죽음에 이르렀던 한때를 되돌아보는 것이다. 전력질주하듯 죽음의 문턱까지 달려갔다가 불현듯 제 허리띠 제가 잡고, 주춤, 발걸음을 잡아채게 만들었던 그 외로움.

늙은 L의 이야기를 들을 때마다 P는 아버지를 떠올린다. 한강 위에서 몸을 던진 아버지. 따뜻한 봄볕이 어슬어슬 저물 무렵, 술추렴이나 하러 동네 마실 나가듯 슬며시 집을 나가서 차갑게 물에 불은 시체로 돌아온 아버지.

그날 오후 아버지가 들고 들어온 것은 낡은 장난감 피아노였다. 원래 무슨 물건이든 잘 버리지 못하고 고쳐쓰기 좋아하던 아버지는 직장을 잃고 나서는 아파트 단지를 돌며 남들이 버린 물건 가운데 쓸 만한 것들을 주워오는 버릇이 한 가지 더 생겼다. 집에서는 쓰지 않는 물건들도 아깝다 싶은 것들은 죄다 가져왔다. 집안을 폐품창고로 만들 작정이냐며 어머니가 난리를 치면 잠깐 그만두는 듯싶다가도 어느 틈엔가 또 물건을 들고 왔다. 고장난 트랜지스터라디오, 설치할 데가 없는 에어컨, 날개 부러진 선풍기……

이거 은석이 주면 좋겠지?

하나뿐인 손자 녀석의 생일이 바로 그 며칠 후였다. 전날 놀러왔던 누이는 녀석이 요즘 들어 피아노 치는 데에 재미를 붙였다며 한참 자랑을 늘어놓았다.

은석이, 장난감 오르간 있어요.

시부모와 함께 살고 있는 누이가 흠을 잡힐 것이 우선 두려웠다. 가난한 친정이라고 반대가 심했던 시댁에서 하나밖에 없는 손자 생일에 누군가 가지고 놀다 버린 낡은 장난감을 선물이라고 준 것을 알면 얼마나 난리가 날 것인가. 우선 그것이 두려웠다.

그래도 장난감 피아노는 없잖니.

장난감 피아노가 없는 건 당연하다. 그 집에는 진짜 피아노가 있으니까. 때문에 은석이는 장난감 오르간도 쳐다보지 않는다. 그러나 그런 상황에 대해서는 전혀 아는 바 없다는 듯이 아버지는 왁스를 꺼내어 낡고 더러워진 피아노를 닦기 시작한다. P는 어머니를 바라보았다. 어머니라면 이 기가 막힌 상황을 막아줄 것이다. 어머니는 이런 구질구질한 상황을 용납하실 만한 분이 아니다. 그러나 정작 어머니는 전에 없는 따사로움으로 아버지를 바라본다. 게다가 한술 더 뜬다.

그러게 피아노 이쁘게 생겼네. 은석이가 좋아하겠어.

부드러운 수건으로 더러운 데를 닦아내는 아버지의 손길. 피아노의 때가 벗겨지기 시작한다. 얼룩이 벗겨지면서 바랜 피아노 색깔이 또다른 얼룩이 되어버린다. 게다가 날카롭게 긁힌 건반의 흠집은 왁스로 닦아봐야 지워지지 않는다. 닦을 수록 도드라지는 흠. P는 그만 아버지의 손길을 잡고 만다.

그만하세요. 이건 지워지지 않아요.

말하지 않아도 이미 아버지가 알아버렸을 사실이다. 어떡하나. 낭패가 섞인 눈빛으로 아버지가 P를 바라본다. 그 눈빛을 견딜 수가 없다. 외면하며, 겨우 대답한다.

문방구에 가면 예쁜 스티커가 있어요. 제가 내일 나가서 사올게요. 흠집에다가 스티커를 붙이면 감쪽같아요. 정말 새 피아노 같을 거예요.

아버지의 고개가 푹 수그러든다. 아니다, 이런 걸 줘봐야 그 집에서 욕이나 먹지. 그냥 우리집에 놀러왔을 때나 치고 놀라고 그래야지. 반짝반짝 윤을 내던 손길이 툭 떨어지고, 한쪽 구석으로 장난감이 던져진다.

저녁 무렵 슬그머니 나간 아버지가 늦도록 돌아오지 않을 때에도 식구들은 장난감 피아노가 사라진 사실을 알지 못했다. 한밤중 전화를 받고 뛰어나간 어머니가 그 장난감 피아노를 안고 울며 돌아왔을 때에야 비로소 빈자리를 알아챘다.

아버지는 신발을 벗어두는 대신 장난감 피아노를 남겨두었다. 어머니는 장난감 피아노를 안고 은석아, 은석아, 하며 죽은 아버지 대신 조카의 이름을 부르며 울었다.

그 피아노는 지금 P의 책상 서랍 안에 감춰져 있다. 마땅히 버릴 데가 없었다. 혹시라도 잘못 버렸다가 어느 다른 가장의 손에 들려 선물로 둔갑하게 될까봐, 그걸 선물로 포장하려던 가장이 그동안 최선을 다해 살았던 삶이 자신에게 가져다준 것이라고는 텅 빈 통장 잔고와 덜 큰 아이들과 버려진 장난감을 줍는 일이라는 것을 깨닫고 문득 비애를 느끼게 될까봐, 그래서 그 비애를 견디지 못하고 차가운 한강 아래로 몸을 던지게 될까봐 두려웠다.

아버지의 죽음은 P에게 충격이었다. 느닷없는 죽음이라서만은 아니었다. 사실 죽고 싶었던 건 아버지가 아니라 P였다. 밤마다 일기를 쓰듯 유서를 썼다. 그럴 만한 절망에 빠져 있던 건 아니다. 희망이 없는데 절망이 찾아올 리 없었다. 문제는 바로 거기에 있었다.

P가 생각할 때, 산다는 건 줄 하나에 매달려 가파른 절벽을 오르는 것과 별반 다르지 않다. 그런데 그 절벽에는 끝이 없다. 오르고 오르다 결국은 떨어지고 마는 것이다. P는 그 사실을 알고 있다. 끝까지 힘을 내어 절벽을 오르면 다음 절벽이 또 기다리고 있다. 누구든 어느 순간에는 힘이 다해 줄을 놓칠 수밖에 없는 법이다. 그것이 바로 죽음이다. 그 사실을 알지 못하는 사람들만 끝까지 버둥거리며 줄을 탄다. 먼저 줄을 놓아버리는 것이 삶에 대한 유일한 자기의지라는 걸 그들은 이해하지 못할 것이다. 죽음이, 삶에 대해 유일하게 던진 의지일 수 있다는 걸, 삶 앞에 무릎 꿇어보지 않은 사람이 알 리 없다.

그러나 아버지는 달랐다. 아버지는 어느 쪽인가 하면, 힘이

다하는 마지막 순간까지 줄을 놓지 않는, 기어이 절벽을 오르고야 마는, 그러고 난 후에 더한 절벽이 기다리고 있어도 절망하지 않고 더욱 힘을 내어 그 절벽을 오르는 사람이었다. 그렇다고 해서 남보다 높고 튼튼한 절벽 위에 올라서본 적도 없었다. 언제나 다른 사람보다 낮은 절벽, 보다 위태로운 절벽, 고작 그렇고 그런 형편없는 절벽. 그러므로 아버지의 죽음은 실족사였다.

당신이 누울 한 평의 공간도 마련하지 못해 뜨거운 불구덩이로 들어가는 아버지의 관을 보면서 P는 내내 마음이 횃횃했다. 아버지는 고작 낡은 장난감 피아노 한 대를 남겼고, 삶에 대한 P의 인식이 정당하다는 걸 확인시켜주었다. 그렇다면 이제 P에게 남은 건 애초의 계획대로 죽음을 향해 들어가는 일뿐이었다. 그런데 왜였을까. 왜 갑자기 다른 사람들이 궁금해졌을까. 왜 죽고 싶다고 입버릇처럼 말하는 사람들을 만나고 싶어졌을까. 모르겠다. 모임 때마다 좌장 자리에 앉아서 사람들에게 죽음의 경험을 물어보고, 그들의 경우를 꼼꼼하게 메모하면서 P는 늘 자신에게 묻는다. 왜 이들 속에 앉아 있는 거지? 그냥 죽어버리면 되는 거 아닌가.

"함께 죽으러 가는 건 어때요?"

침묵을 깨트린 건 모임에 처음 나온 H였다.

"그럼 덜 외롭지 않을까요?"

일순 모두 침묵에 싸인다. 언제나 모여서 죽음의 경험에 대해 서로 들려주고 새로운 방법을 알려주기는 했지만 함께 죽는다는 건 아무도 생각해본 적 없었다. 동반자살이라…… 음, 것도 새로운 방법이네. 아주 재미있는 방법을 발견한 것처럼 R가 다소 들뜬 목소리로 나섰지만 침묵이 워낙 커서 다시 묻히고 말았다.

H는 기억할 수도 없는 어린 시절부터 할머니 손에서 자랐다. 부모님은 어렸을 때 사고로 돌아가셨다고 했다. 그런가보다 했다. 왜인지, 무엇 때문인지 묻지 않았다. 그리움을 느낄 만한 감정을 갖기 전에 이미 부재중이던 부모였다. 사춘기에 접어들 무렵, 조금 다른 이야기를 듣게 되었다. 사진에 취미를 붙인 H가 풍경 사진을 찍으러 갔다가 실족해서 겨우 목숨을 건지고 난 후였다. 물기어린 바위에서 발이 미끄러져 일어난 사고였다. 그런데 사람들은 아직 어린놈이 뭐 때문에 죽을 작정을 했냐며 혀를 찼다. 단순한 사고였을 뿐이라고 몇 번을 설명해도 믿지 않았다. 처음에 H는 그런 오해를 산 것은 혼자서 산에 올랐기 때문이라고 생각했다. 산 같은 곳에 혼자 올랐다가 사고를 당하면 대개의 경우 자살로 인정된다는 이야기를 들은 기억이 있었다. 헌데 그게 아니었다. 누군가 H에게 즈이 부모를 닮아서, 라며 흘리듯 말했다. 생때같은 자식 두고 지목숨 끊은 인간들이라고 비난하는 소리를 듣고 H는 부모님의 죽음이 자살이라는 걸 알았다. 그 순간 어떤 두려움이 그를 사로잡기 시작했다.

부모 없이 자란 아이들이 으레 그렇듯이 H도 말이 없고 우울해 보이는 아이였다. 처음에 H는 그런 자신의 성격에 대해 그다지 의식하지 않았다. 그저 하고 싶은 말이 없고, 유쾌한 일이 없을 뿐이었다. 그러나 부모님의 비밀을 알아버린 H는 자신의 성격이 지나치게 폐쇄적인 까닭을 알 것 같았다. 자살은 유전적 질환이라는 걸 믿던 나이였다. 어쩌면 사람들 말처럼 나는 바위에서 떨어진 게 아니라 뛰어내렸던 게 아닐까. 미끄러지던 순간의 정황이 순간 모호해졌다. 그런 것도 같았다. 의심이 들자 모든 것이 물증이 되었다. 그때쯤 자신이 종종 죽음에 대해 생각하고 있다는 것도 문득 깨달았다. 사춘기적인 증후라고 생각했지만, 그 이상의 뭔가가 있는 건지도 몰랐다. 사진을 찍을 때 죽음을 앞둔 노인들이나 고사목, 시든 꽃, 황량한 숲에 주로 홀리는 것도 그런 이유 때문이 아닐까. 나도 모르는 뭔가가 나를 향해 죽음으로 치닫게 하고 있는지도 모른다. H는 두려웠다. 그런데 그 두려움이 또한 일종의 매혹으로 다가오기도 했다. 죽음을 찍는 게 자신의 천형을 감당하는 일인 것처럼 느껴졌던 것이다. 그렇다면 좀더 본격적으로 죽음과 맞서보자. 그때부터 H는 조등이 걸린 상가와 도살장과 납골당과 화장터를 떠돌았다. 죽음을 찍을 때마다 그만큼 자신의 죽음에서는 멀어지는 기분이었다. 그건 적지 않은 위로였다.

"내가 괜찮은 장소를 알고 있어요. 오가는 사람들이 없는 외떨어진 장소예요."

채근하듯 H가 말한다. 물론 H는 함께 죽을 생각 같은 건 없다. H는 죽고 싶은 사람이 아니라 죽음을 보고 싶은 사람이다. 다른 죽음을 통해서만 H는 자신의 생존을 실감할 수 있다. 죽음을 꿈꾸는 사람들의 모임이 있다는 걸 알았을 때 H는 속으로 쾌재를 불렀다. H는 서둘러 모임에 참가 의사를 밝혔다. 죽음에 대한 많은 가능성이 존재하는 이 모임이야말로 H에게는 그 어떤 무엇보다 생의 활력으로 넘치는 공간이다.

"혹시 말이에요. 함께 갔다가, 누군가, 누구 단 한 사람만 살아남으면 어떡하죠?"

가장 어린 E가 물었다. 가출한 여학생이라는 것밖에 알려진 게 없는 사람이었다. 손목에 비스듬히 그어진 칼자국이 자살 이력을 짐작하게 해주지만, E는 자신의 경험에 대해 말한 적이 없다. 게다가 그 흉터는 어떻게 보면 자해가 아닌 사고의 흔적 같기도 했다.

"그럴 경우에는 돌아가."

늙은 L이 말했다.

"돌아가라구요, 혼자서요?"

"삶이 중요해서가 아냐. 그때 한 번 더 죽음을 시도하면 더 외로울 거야. 죽음마저도 남들 뒤를 쫓아가는 건 쓸쓸한 일이야."

L의 목소리는 낮았지만 단호했다. 노인의 현명함은 삶보다 죽음을 바라보는 태도에서 더 확연하게 드러나는 법이다.

"아, 뭐 근사한 이유는 없을까요?"

그러는 L의 태도가 따분하다는 듯, C가 하품을 하며 말한다.

"근사한 이유라니?"

"대의명분 같은 거요. 혁명을 위해서라든가, 조국을 위해서라든가…… 예전에는 그런 이유로도 죽었잖아요."

"개인의 실존보다 더 중요한 대의명분이 어디 있어. 혁명? 웃기지 말라고 해. 법보다 중요한 게 밥이야. 배고파 죽는 건 필연이지만, 근사한 레스토랑을 갈 수 없어 죽고 싶은 건 좌절이야."

젊은 L이 혀까지 차며 이를 비난한다. C도 그저 한번 해본 말이었다는 듯 크게 반박하지 않는다.

"그래서 어쩔 거요. 갈 거요? 말 거요?"

H가 다시 채근을 한다. 난 좋아요. 동반자살이라니 근사해. 왜 여태 그걸 생각 못했을까. 상상만 해도 즐겁다는 듯 R이 킬킬거리며 대답한다. 외롭지 않다면야, 뭐. 늙은 L도 느릿한 목소리로 동조를 한다. 하나 둘, H의 제안에 고개를 끄덕거리기 시작한다.

"그럼 이렇게 합시다."

사람들의 동조에 힘을 얻은 H는 자신의 계획을 설명한다. 오래전부터 그 일을 준비해온 사람처럼 H의 계획은 자세하다. 아예 1박 2일 일정으로 계획합시다. 축제처럼 하루를 보내는 거죠. 그 하루 사이에 생각이 바뀌는 분들은 먼저 돌아가도 좋아요. 남은 사람들끼리 일을 추진합시다. 어떤 방법이 좋을까요? H의 목소리는 흥분에 가득차 있다. 독극물은 어때요? 그건 나한테 많은데, 복숭아 축제를 할까요? 내가 청산가리를 만들어줄게요. 경험 풍부한 R는 비로소 자신의 온갖 노하우를 전수할 수 있게 된 것이 기쁜지 이것저것 다양한 방법을 제시한다. 1박 2일 일정, 죽음을 앞둔 하루의 축제라는 상황 때문인지 분위기는 일순 함께 즐거운 여행이라도 가는 것처럼 떠들썩해진다. 그러느라고 살그머니 일어나 빠져나가는 E를 아무도 보지 못한다.

혼자 남으면 돌아가라구? E는 그 말을 곱씹느라 다른 말은 아무것도 안 들어온다. 두번째로 가출했던 어느 겨울이 떠오른다. 친구들과 어울려 거리를 떠돌다 지쳐 돌아온 E를 기다리고 있던 건 까맣게 타버린 집이었다. 술만 취하면 죽자, 같이 죽자 울던 아버지가 기어이 불이라도 지른 걸까. 식구들은 모두 그 안에서 죽었다고 했다. 내가 집에 없었다는 걸 아버지는 잊고 있었던 걸까. 견딜 수 없어 도망쳐나온 집이었지만, 혼자서는 살 수도 없는 나이였다. 두려움 때문에 손목을 그었지만 죽지 않았다. 그런데도 혼자 남으면 돌아가라고?

"자, 그럼 출발 날짜 등 자세한 계획은 메일로 공지합시다. 절대 비밀을 지켜야 하는 거, 알지요?"

다짐하는 듯한 H의 목소리가 들리고, 우르르 사람들이 빠져나온다. 어딘가 잔뜩 상기된 얼굴이다. 이제야 외롭지 않게 죽게 되었다는 듯, 마치 그 순간만을 기다려온 것처럼 안도한 표정으로 사람들이 빠져나와서는 왔던 길로 돌아간다. E는 그러는 사람들을 터벅터벅 뒤따라간다. 느릿느릿한 E의 걸음 때문에 사람들과 점점 멀어진다. 사람들은 그러는 E를 알아채지 못하고 서둘러 앞서간다.

그렇게 썰물처럼 한순간 사람들이 모두 사라진 후, 길 위에 남은 건 휘청거리며 걷는 E의 그림자와 오후의 밝은 햇살이다. E는 여전히 느릿느릿 걷는다. 고즈넉한 숲길이다. 모임 장소는 늘 야유회를 정하듯 결정되었다. 날씨 맑은 날, 사람들이 많지 않은, 그러나 아름다운 풍경을 볼 수 있는 곳. 우울하고 칙칙한 건 이들의 죽음에 어울리지 않는다. 실제로 자살률은 비가 오고 흐린 날보다 한없이 맑고 푸르고 따뜻한 날이 더 높다고 한다. 당연하다. 햇빛 찬란한 날씨는 사람들을, 삶을 너무 노골적으로 드러낸다. 내 속사정일랑 아랑곳없이 맑고 환한 시절을 보면 죽고 싶어진다. 뭐지? 이렇게 세상이 밝은데, 난 왜 여기 있는 거지 싶다.

한참을 타박타박 걷는데, 순간 길옆에서 뭔가가 풀썩 하고 날아와 떨어진다. 돌아보니 사마귀 한 쌍이다. 교미하는 중이었다. 교미하던 채로 날아온 건지 날아와 앉자마자 교미를 시작한 건지는 알 수 없지만, 어쨌거나 풀썩 소리와 함께 뒤를 돌아본 순간 이미 그것들은 교미중이었다. E는 그러고 있는 사마귀를 가만히 바라보았다. 그때까지 E는 교미하는 모습을 직접 본 적이 없었다. 그 흔하다는 개가 흘레붙는 모습조차 본 적이 없었다. 더구나 E가 발견한 것은 사마귀였다. 사마귀는 교미 후에 암컷이 수컷을 잡아먹는다고 했다. E는 순간 묘하게 마음이 일렁였다. 어쩌면 곤충도감에서나 볼 수 있는 광경을 직접 보게 될지도 몰랐다.

태양이 머리 꼭대기에서 뜨겁게 내리쬐는 시각이었다. 하늘은 더없이 맑았고, 조금 전 죽음을 꿈꾸던 사람들이 걸어간 길이라고 생각하기에는 더없이 평온한 길에 차들조차 거의 없었다.

교미를 시작한 지 일분쯤 지나자 위로 바짝 치켜들었던 아랫놈의 꼬리가 아래로 처지면서 윗놈의 꼬리도 고개를 숙이더니 아랫놈의 꼬리 속으로 묻혔다. 곤충들도 피스톤운동을 할까. 얼핏 보기에 두 놈의 꼬리가 잠시 춤을 추는 듯했다. 좀더 자세히 보려고 방향을 바꾸니 윗놈의 꼬리는 아랫놈의 꼬리 속으로 파묻혀 들어간 것이 아니라 그 옆에 드리워진 채였다. 하기야 곤충이 피스톤운동을 한다는 말은 들은 적이 없다. 그 모습으로 그것들은 몇 분쯤을 더 있었다. 그러다가 위에 달라붙어 있던 놈이 몸을 움찔거리면서 옆으로 비스듬히 내려 붙었다. 이제야 성교 후의 살해가 시작되려나, 긴장되었다. 하지만 놈은 더이상 어쩌지는 않고 다리 하나를 들어 아랫놈의 목덜미를 어루만지듯 살살 쓰다듬었다. 글쎄, 어쩌면 이것들에게도 정이란 것이 있어서, 죽음이 앞에 있으면 저렇게 애틋한

맘이 들어 어루만지는 것은 아닐까. 아니면 잡아먹지 않을 것처럼 위장하는 것일까. 아니면 저리도 귀하고 사랑스러워 마침내 먹어버리는 것이 아닐까. 흔히들 그러지 않던가. 식욕과 성욕은 같은 거라고. 그렇다면 하늘 아래 제대로 사랑을 나누는 것은 저것들뿐은 아닐까에까지 E의 비약은 자랐다.

교미는 한참을 두고 계속되었다. 조금 지루했다. 언젠가 그렇게 E를 어루만져주었던 몇몇 남자들이 생각났다. 그중에 적어도 한두 사람은 정말로 사랑했다. 그렇게 그들의 품에 안겨 죽었으면 좋겠다고 생각한 적도 있다. 하지만 E와 함께 죽고 싶어한 사람은, 그렇게까지 E를 사랑해준 사람은 없었다. 그들은 그저 E에게 하루의 잠자리와 한 끼의 식사, 더러 며칠간의 잠자리와 몇 끼의 끼니를 해결해주고는 곧 E를 피했다. 그들을 기억하자 E는 잠시 잊었던 울적함이 되살아났다.

그때 멀리서 차가 오는 소리가 들렸다. E는 순간 망설였다. 놈들은 길 한가운데에 있었다. 살짝 들어 자리를 옮겨줄까 하는 생각이 스쳤지만, 그렇게 하지는 않았다. 어차피 놈들의 운명인 것이다. 놈들은 길 한가운데에 있으니 바퀴를 피할 수 있을지도 몰랐다. 차는 좁은 길을 빠르게 달려왔다. 차가 다가오자 E는 일어서서 누군가를 기다리는 표정을 지었지만 실상은 바퀴에 시선이 쏠렸다. 놈들은 용케 바퀴를 피한 것 같았다. 그러나 획 하니 차가 지나간 후에 보니 윗놈은 이미 죽어 있고 아랫놈은 반은 죽고 반은 살아 있었다. 놈은 제가 교미 붙던 짝이 죽은 것을 알고 있을까. 배는 터져서 슈크림처럼 노란 똥이 흘러내려 있었다. 아랫놈은 생명 남은 한 쌍의 다리로 허우적거리고 있었다. 저와 함께 있던 생명이 죽었는지 살았는지도 모르고 허우적거리고 있었다. 마치 제 몸을 누르는 놈을 밀쳐내려는 것처럼, 떼어내려고 기를 쓰는 것처럼 보였다.

함께 죽으면 외롭지 않을 거라고? 어느 한순간 저렇게 절실히 껴안았던 상대를 끝까지 버리지 않고 갈 수 있을까. 꽃처럼 노랗던 진물이 빠르게 색깔을 잃고 있었다. 아랫놈의 움직임도 서서히 멈추었다. 제길, 복상사로군. 피식 웃는데 눈가로 눈물이 흘렀다. 안타까움? 아니다, 그건 아닐 것이다. 교미가 끝난 후 행해지는 살해를 못 보아 아쉬운 게지. E는 일어나서 사람들이 지나간 길을 따라간다. 눈물이 자꾸만 쏟아져 시야가 부옇다. 햇빛 밝은 오후다.

호출, 1995

결혼식을 일주일 남기고 옛 애인들과 관계된 물건을 정리하기로 했다. 원래는 평생 간직하려고 남겨두었던 것들이었다. 미련이 남아서는 아니었다. 그것보다는 어떻게 헤어졌든지 간에 그들과 보낸 시간도 내 삶의 한 부분이니 그들에 대한 지금의 내 감정과는 상관없이 그것들도 추억으로서의 자격은 가지고 있지 않나 생각했다. 추억은 기억의 편린으로만 존재하는 게 아니라 형태를 가진 물건으로도 존재할 수 있는 법이니까.

하지만 막상 결혼식이 다가오자 그 물건들이 마음에 걸렸다. 신혼집에 옛 애인의 추억을 가지고 간다는 건 아무리 너그럽게 생각해도 좋은 일 같지 않았다. 그렇다고 나도 떠나고 없을 친정에 나만의 기억이 담긴 물건을 놔두고 싶지는 않았다.

며칠을 고민하다가 결국 없애기로 했다. 사진과 편지는 태우고, 태울 수 없는 물건들은 따로 골라냈다.

이것저것 뒤지다보니 호출기가 두 개나 나왔다. 둘 다 작은 성냥갑 모양의 직사각형 호출기였다. 하나는 측면에 액정이 달린 모델이었고, 다른 하나는 전면에 액정이 붙은 모델이었다. 서로 다른 남자에게 선물 받은 것이었다. 당연히 기기마다 부여된 호출번호도 달랐다. 새로운 연애를 할 때마다 호출번호도 달라진 셈이다. 사람들에게 바뀐 번호를 알리는 일은 귀찮았지만 나는 새 연인이 부여한 새 번호를 기쁘게 받았다. 그런 사소한 속박이 때로는 연애의 가장 중요한 규칙인 법이다. 그렇게 소유하려 애써도 어차피 헤어진 후에는 아무것도 남지 않는다. 그러니 내가 그들과 헤어짐과 동시에 그 번호를 잊고 살았던 것도 당연하다. 헌데 낡은 호출기를 보자마자 신기하게도 잊은 줄 알았던 그 번호들이 단박에 떠올랐다. 015-29×-××21와 015-77××-××21. 그들도 내 번호를 기억하고 있을까.

장난 반 호기심 반으로 전화기를 들고 옛 번호들을 누르기 시작했다. 버튼을 누르는 손끝의 느낌이 묘했다. 그 번호들은 그동안 어떤 사람들을 부르는 기호로 쓰였을까. 궁금했지만 답이 오리라고 기대하지는 않았다. 호출기를 쓰는 사람은 박물관에서나 만날 수 있는 시대인 것이다. 그런데 놀랍게도 한 번호와 연결이 되었다. 나는 약간 망설이다가 내 번호를 남겨

보기로 했다. 그럴 리는 없지만 혹시 아나. 오래전 내가 어디에
선가 수신을 받고 전화를 걸어올지.

그런데 호출번호를 남기기 무섭게 전화가 걸려왔다. 남자
였다. 그는 다짜고짜 자신의 번호를 어찌 알았느냐 물었다. 신
경질적인 목소리였다. 낯선 여자의 호출이 못마땅한 건가. 취
조하는 듯한 남자의 말투가 불쾌했으나 입장을 바꿔 생각해보
면 유쾌하지 않을 수도 있는 일이었다. 제가 예전에 쓰던 번호
라 한번 눌러봤습니다. 기분 나쁘셨다면 죄송합니다. 공손히
사과하고 끊으려는데 저쪽에서 다급한 목소리로 물었다. 그게
언제죠? 오래전이에요. 혹시 1995년인가요? 나는 대답하지
않았다. 그렇군요. 남자는 내 침묵을 긍정으로 이해한 듯했다.
만납시다. 그러면서 그는 말했다. 당신에게 줄 것이 있어요. 그
러고는 역시 일방적으로 시간과 장소를 정한 뒤 전화를 끊었
다. 누구일까. 예전에 알던 사람인가. 그러나 아무리 생각해봐
도 기억에 없는 목소리였다.

"그러니까 정말 당신이 이 호출번호의 옛 주인이었다는 거
죠?"

마흔, 아니면 마흔 중반? 남자는 키가 작고 배가 볼록 나온
체형이었다. 에어컨을 너무 세게 트는 바람에 긴팔 옷을 입고
도 소름이 돋는 카페 안에서 연신 땀을 훔쳐냈다. 속열이 많은
사람인 것 같았다. 처음 전화를 받았을 때 전혀 예상치 못했던

상황에 다소 겁을 먹기는 했지만, 그래도 약속 장소로 나갔던 건 호기심 때문이었다. 우연한 만남에 대한 약간의 기대도 있었다. 혹시 그때까지 나를 잊지 못하는 옛 애인이라도 나와준다면 결혼 전 이벤트로 나쁘지 않겠다는 생각도 있었다. 그랬는데 그런 마음을 비웃듯 중년의 남자와 마주앉아 차를 마시게 되었으니 고약한 오후였다. 그저 내 경박한 호기심만 탓할밖에 다른 도리가 없었다.

"그 번호는 제가 쓰던 게 맞고, 문득 생각나서 한번 눌러봤어요. 더 물어보실 거 없으면 일어날게요."

다급한 목소리로 만나자고 해놓고 정작 용건은 없는지 남자는 내내 어쩔 줄 모르고 허둥대기만 했다. 삼십 분은 족히 앉아 있었으니 상대방에게도 예의 그 이상은 지켜주었지 싶었다.

"자, 잠깐만요."

내가 자리에서 일어나자 남자가 급하게 내 손을 잡았다. 땀이 많아 끈적거리는 손이었다. 반사적으로 미간을 찌푸리자 남자는 당황한 표정으로 손을 놓았다. 그러고는 주, 줄 게 있어요. 말까지 더듬거리더니 바지 주머니에서 천원 권 한 장을 꺼내서 내밀었다.

"이게 뭐죠?"

"당신 거예요."

"이게 왜 제 거라는 거죠?"

"거기……."

남자는 지폐 하단을 손가락으로 가리켰다. 자그맣게 숫자 몇 개가 씌어 있는 것이 보였다. 읽어보세요. 지폐를 내 앞으로 밀어주고 남자는 덜떨어진 사람처럼 입을 헤 벌리며 웃었다. 적혀 있는 숫자는 오래전 내가 쓰던, 이제는 그 남자가 쓰고 있는 호출번호였다. 숫자 옆 괄호 안에 1995년 8월 2일이라는 날짜가 씌어 있었다. 낯익은 필체는 부인할 수 없이 내 것이었다.

"아내가 간직하고 있던 거예요."

"아내가 누군데요?"

"헤, 헤어졌어요."

그 대목에서 남자는 잠깐 고개를 떨어뜨렸다. 별다른 의미가 있어 보이지는 않았다. 뭔가를 골똘히 생각하는 것 같지도 않았다. 복잡한 건 오히려 내 머릿속이었다.

각자의 돈에 서로의 호출기 번호를 적어두자고 했던 건 그 시절 사귀던 애인이었다. 1995년 8월 2일은 아마 우리가 처음 만난 날이었을 것이다. 상대의 호출번호와 처음 만난 날을 적은 다음 서로가 모르는 곳에 가서 그 돈을 사용하기로 했다. 그렇게 하면 우리가 만났다는 사실은 늘 세상 어디에선가 존재하고 있는 거지, 하고 말하는 애인의 입술을 황홀하게 쳐다보았던 기억이 생생하다. 그때 우리는 둘 다 스물을 갓 넘긴 나이였다. 그런데 그 돈을 왜 이 남자의 아내가 가지고 있었던 것일까. 내 옛 애인이 준 것일까. 아니다. 그는 지나치게 낭만적이고 엉뚱하기는 했지만 애인의 호출번호가 적힌 돈을 다른 여자에게 줄 만한 사람은 아니다. 어쩌면 아주 단순하게 돌고 돌던 돈이 우연히 이 남자의 아내라는 사람에게 간 것인지도 모른다. 그런데 그저 그뿐이라면 왜 그토록 오래 간직했을까. 아니 그것보다 이 남자는 왜 그 번호를 자신의 번호로 가지고 있는 걸까.

"늘 궁금했어요. 대체 이 번호가 누구 것인지. 아내가 왜 그렇게 소중하게 간직하는지. 아내와 헤어진 다음에 한번 호출해보았는데 이미 사용 중지된 번호였어요. 그래서 그 번호를 가졌습니다. 그 번호를 아는 누군가에게서 연락이 올지도 모르니까요."

"차라리 직접 물어보시지 그랬어요?"

"두려웠어요. 우습겠지만 솔직히 이 번호의 주인공이 남자일 거라고 생각했어요. 물론 아내는 늘 나에게 최선을 다했어요. 내가 첫사랑이라고 말했죠. 그런데 정말일까, 의심이 들곤 했어요. 마음속에 늘 다른 뭔가가 살고 있는 것 같았거든요. 웃음이 예쁜 여자였는데, 웃는 얼굴이 가끔씩 불행해 보였어요."

그 말을 듣고 나니 불현듯 한 남자가 떠올랐다. 옛 애인과 내가 돈으로 운명을 점치며 놀던 시절에 스쳤던 사람이었다. 택시를 잡는 내 곁에서 방향이 같은데 같이 타자며 앞자리에 불쑥 앉았던 빨간 티셔츠의 남자, 택시를 타고 이동하는 중에 비가 내릴 것 같다며 연신 하늘을 올려다보던 남자는 갑자기 몸을 돌리더니 혹시 도착하기 전에 비가 내리면 커피 한잔 사줄래요? 하고 물었다. 느닷없는 제안이었지만 그러면서 돌아보는 남자의 얼굴은 다소 귀엽고 착해 보이는 데가 있어서 그래요, 흔쾌히 대답했는데, 거짓말처럼 동시에 비가 내리기 시작했다. 목적지까지는 십여 분을 더 가야 했지만 우리는 그냥 택시에서 내렸다. 마침 홍대 앞을 지나던 중이었다. 그곳에 내가 가끔 가던 'DOME'이라는 이름의 카페가 있었다. 실내가 온통 하얗게 칠해져 있고 이름처럼 천장이며 기둥이 온통 반구형이었다. 러시안 샤워라는 칵테일이 특히 맛있는 곳이었다. 우리는 나란히 커피를 시켰다. 남자는 커피에 설탕을 넣고 스푼으로 한참이나 젓다가 물었다. 혹시 사랑 때문에 마음 아팠던 적 있으세요? 너무나 상투적인 질문이라 이 남자가 나에게 작업을 걸려고 하나 잠깐 의심했다. 그런데 다음 순간 남자가 굵은 눈물을 뚝뚝 떨어뜨리기 시작했다. 조금 전에 첫사랑을 만났어요. 불행해 보였어요. 그런데 아무것도 해줄 게 없어요. 남자는 꽤 길게 울었다. 나는 어찌해야 할지 몰라서 가만히 보고만 있었다. 지금은 이렇게 마음 아파도 언젠간 잊겠죠? 나도 그녀도. 사실은 그게 가장 겁나요. 한참을 울고 나서 남자는 그렇게 말했다. 우는 남자를, 그것도 사랑 때문에 우는 남자를 보는 일은 지금도 그 시절에도 흔한 일이 아니다. 그 자리에서 벗어나기 위해서 뭐라도 해야 할 것 같았다. 그래서 나는 지갑에서 지폐 한 장을 꺼내들고 말했다. 이건 어때요? 그녀와 관계된 뭔가를 적고, 의미 있는 날짜를 적은 다음에 이 돈을 쓰는 거죠. 그러면 당신과 그녀가 만났다는 사실은 변하지 않고 어딘가에 남아 있을 거예요. 이렇게 말이에요. 그러면서 나는 내 번호를 쓰고 그 날짜를 옆에 적어서 남자에게 주었다. 일종의 샘플인 셈이었다. 남자는 내가 준 돈을 받아들고 환하게 웃었다. 나는 남자를 향해 따뜻하게 마주 웃어 보였지만 속으로는 그런 아이디어를 내게 알려준 애인의 현명함에 감탄하고 있었다. 그런데 혹시 그 남자의 첫사랑이 지금 내 앞에 앉은 남자의 아내는 아니었을까. 그러고 보니 그 남자를 만난 것도 여름이었다. 어쩌면 8월 2일은 옛 애인을 처음 만난 날이 아니라 우연히 그 남자를 만났던 날인지도 모른다.

"아주 사소한 이유일 수도 있지 않을까요? 뭐, 가령 여기 적힌 것과 같은 날짜에, 그러니까 8월 2일에 우연히 이 돈을 갖게 돼서 행운의 표적으로 삼았다든가……."

만약에 중년 남자의 아내가 오래전 그 남자의 첫사랑이 맞는다면 나는 얼굴도 본 적 없는 한 여인 때문에 두 번이나 낯선 이를 위로해주는 셈이다. 그럴 필요는 없었지만 그렇게라도 하지 않으면 언젠가의 그 남자처럼 이 중년 남자도 내 앞에서 울어버릴 것만 같았다. 적지 않은 세월 동안 두 남자의 가슴에 못 잊을 기억을 남기다니 아주 잠깐 미지의 그 여자가 부럽다는 생각도 들었다. 아니다. 어쩌면 그 여자가 아닐지 모른다.

만약 중년 남자의 아내가 그 남자의 첫사랑이라면 두 사람이 다시 만났다는 건데, 재회야 그네들 사정이지만 재회의 기념으로 하필 내 번호가 적힌 돈을 줬을 까닭은 없지 않나. 머릿속으로 오만 가지 생각이 스쳐가는 중인데 중년 남자가 나를 향해 멋쩍은 웃음을 지어 보였다.

"주인을 찾았으니 이 돈은 돌려드릴게요."

"그러실 필요 없어요. 아내와의 추억이 담긴 물건이잖아요."

"그게 저……."

중년 남자는 잠시 머뭇거리다가 난처한 표정으로 말했다.

"사실 이건 제 돈이 아닙니다."

"무슨 소리예요? 그럼 이건 누구 거죠?"

"갔어요. 오 분쯤 전에."

그러면서 남자는 카페 입구 쪽의 한 자리를 가리켰다. 자리는 텅 비어 있었다. 그 자리에 누가 앉아 있었던가. 누군가를 봤던 것도 같았다. 아직 치우지 않은 빈 잔이 탁자 위에 그대로 놓여 있었다. 오 분 전이라고? 나는 창 가까운 쪽으로 몸을 옮겨 밖을 내다보았다. 거리를 오가는 사람들 가운데 낯익은 얼굴은 하나도 없었다. 모두 낯설었다.

"미안합니다. 워낙 간곡하게 부탁해서……."

처음 봤을 때처럼 이마의 땀을 연신 닦아내며 남자는 몇 번이고 사과하더니 자리에서 일어나려고 했다. 뭐에 홀린 기분이었다. 어이없이 당한 일인데 화도 나지 않았다. 그보다 중년 남자를 보낸 그가, 아니 어쩌면 그녀가 누구인지 더 궁금했다.

"어떤 사람이죠? 남자였나요?"

자리에서 일어나 입구 쪽으로 향한 중년 남자의 등을 향해 물었다. 망설이는 듯 가만히 서 있던 중년 남자가 천천히 몸을 돌리며 대답했다.

"그냥 1995년이었습니다."

그리고 중년 남자도 빠른 걸음으로 사라졌다. 남아 있는 것은 중년 남자가 마시던 빈 잔과 어디서 왔는지 알 수 없는 천 원 권 한 장, 나의 1995년뿐이었다.

자전거 타는 여자

아버지가 쓰러졌을 때 제일 먼저 떠오른 것은 어렸을 때 같은 집에 세 살던 노부부였다. 우리가 살던 바로 옆방에 살았는데, 할아버지는 아파서 늘 방에 누워만 있고 할머니가 일을 하러 다녔다. 하루는 그 방 댓돌 마루에 먹고 물린 상이었는지 아니면 들여가려고 놓은 상인지 분간이 가지 않는 밥상이 놓여 있었다. 밥상에 놓인 묵 한 접시가 그날따라 눈에 띄었다. 어찌나 맛깔스러워 보이는지 침이 꼴깍 목구멍으로 넘어갔다. 집에는 아무도 없었고, 빈 공간에 나와 밥상뿐이었다. 나는 한참을 망설이다가 발꿈치까지 들고 밥상 앞으로 다가가 묵을 한 덩이 집어 입에 넣었다. 야들야들한 묵이 혀에 툭 떨어지는 감촉을 느끼면서 물컹하고 축축한 것을 덥석 베물었는데, 동시에 입 밖으로 뱉어내고 말았다. 상했던 것인지 그 묵의 맛이 원래 그런 것인지 쓰고 텁텁하기가 이루 말할 수 없었다. 얼른 물로 입을 헹구고도 쓴맛이 가시지 않아 흰 거품 버글거리며 양치질까지 해야 했다. 그렇게 법석을 떨고 나서야 겨우 떫은맛에서 벗어날 수 있었다. 저녁에 엄마는 일터에서 돌아온 아버지에게 말했다. 옆방 노인네 아침에 돌아가셨다고 하데. 그 말을 듣자 떫고 쓰쓸한 맛이 다시 목구멍을 타고 역류했다. 나는 방문을 열고 토하기 시작했고, 아무것도 모르는 아버지는 뭘 먹고 체했누 하며 등을 두드려주었다. 일곱 살 때였고, 그것이 내가 만난 최초의 죽음이었다. 그날 이후 나는 누군가의 부고를 들으면 언제나 목구멍에서 그때의 떫고 쓰고 지독한 맛이 역류하는 것을 느낀다. 그런데 아버지의 경우는 좀 달랐다. 병원 연락을 받고 달려가서 침대에 누운 모습을 보자마자 동시에 목구멍에서 쓴맛이 역류한 것이다. 그래서 나는 순간 아버지가 이미 돌아가신 게 아닌가 생각했다. 어쩌면 그편이 나았을지도 모른다.

일어나봐라. 느이 아부지 가실라나부다. 진짜로.

새벽녘에 나를 깨운 것은 엄마의 낮지만 다급한 목소리였다. 진짜로, 라는 말에 귀가 번쩍 트였다. 방이 두 개뿐인 열 평 남짓한 임대아파트 마루는 세 걸음이면 다 가로지를 수 있었다. 그림자처럼 걸어가는 엄마를 따라 작은방에 들어서니 주말 내내 몰아쉬던 아버지의 숨이 턱에 치달아 있었다. 이번에는 정말 가시는 건가. 마음이 두근거렸다. 하지만 크게 기대하지는 않았다. 아버지가 그렇게 금세라도 떠날 것처럼 숨을 몰아쉰 것이 처음은 아니었다. 최근 몇 달 사이 아버지는 자주 숨이 목에 걸렸다. 그럴 때마다 엄마는 제일 먼저 나를 호출했고, 나는 자다가 깨든 회사에서 조퇴를 하고 달려나오든 해야 했다. 아버지는 힘껏 숨을 삼켰다가 그대로 멈추고, 어렵게 숨을 토해냈다가 다시 그대로 멈춰 번번이 보는 사람을 헷갈리게 했다. 그때마다 엄마와 나는 번갈아가면서 아버지의 가슴을 주먹으로 톡톡 두드렸다. 가래가 목에 걸려 호흡곤란을 일으킬 때 하라고 병원에서 일러준 응급처치법이었다. 아버지의 가슴을 두드리면서 친척들에게 먼저 연락을 해야 할지, 병원에 먼저 연락을 해야 할지 고민을 하다보면 어느새 아버지는 예의 편안한 호흡을 되찾고는 했다.

　진짜라는 말에 솔깃해서 달려갔지만, 아버지의 호흡은 이전의 몇 번과 그다지 달라 보이지 않았다. 유난스러운 건 오히려 엄마였다. 옷장에 넣어두었던 하얀 한복을 꺼내 입히기 시작한 것부터가 그랬다. 깨끗한 마로 지은 그 한복은 돌아가실 때 옷차림이 정갈해야 한다고 엄마가 우겨서 일 년도 전에 장만해둔 것이었다. 그때 아버지는 살아도 한참을 더 살 것 같은 상태였고, 또 사실 돌아가실 때 입을 옷이라는 게 정말 필요한지 나는 의심스러웠다. 수의라면 또 모르겠는데, 그건 아니라고 했다. 평소에 입힐 환자복도 아니라고 했다. 그럼 무슨 옷인데? 물으니 숨을 거두고 병원으로 옮길 때 입힐 옷이라고 했다. 입성은 말끔하게 하고 가셔야지, 하는데 어이가 없었다. 병원비 때문에만 이미 적금을 두 개나 깼고, 집으로 모셔오느라든 비용도 카드빚으로 차곡차곡 쌓여 있는 형편이었다. 들어둔 보험이 있는 것도 아니고 어디서 생활비 지원이 나오는 것도 아니었다. 모든 비용이 고스란히 내 몫이었다. 꼭 필요한 것만 사도 어깨가 빠질 지경이었는데, 당장 급한 것도 아닌 옷을 장만하려니 눈물이 날 만큼 아까웠다. 나는 가능한 한 최대로 어이없다는 표정을 지었지만 엄마를 이길 도리는 없었다. 만약 내가 주머니를 열지 않으면 엄마는 늘 그랬던 것처럼 또 파출부 사무실에 나갈 것이다. 그깟 돈 내가 벌면 될 거 아니냐는 억지에 시달리느니 지갑을 여는 게 빠르다. 하기야 세월을 멈추게 하는 일이 아니라면, 그 시간 속에 나를 가둬 평생을 살게 하는 일이 아니라면 싸우고 싶지도 않고, 대들고 싶지도 않았다.

아직 숨을 다 놓지도 않은 아버지에게 영안실 갈 옷을 입히는 일은 영 내키지 않았다. 관절이란 관절은 이미 죄 뻣뻣해져서 그동안도 옷을 갈아입힐 때마다 두 모녀가 땀을 뻘뻘 흘리며 환자를 이리 굴리고 저리 굴려가며 겨우 해치웠는데, 숨까지 몰아쉬는 양반을 이리 틀었다 저리 틀었다 하려니 미칠 지경이었다. 나는 옷을 갈아입히다 말고 철퍼덕 주저앉아 냅다 소리를 질렀다.

"뭐가 그렇게 급한데? 이왕 기다린 거 조금만 더 기다리지.

혹시 안 가실까봐 옷부터 미리 입히는 거야? 이게 뭔 난리야. 다시 살려다가도 민망해서 못 살겠잖아."

말을 끝내기도 전에 눈에 뭔가 불이 번쩍 일었다. 따귀를 맞은 것이었다. 니가 아냐, 내가 아냐. 엄마는 주저앉은 나를 야멸차게 밀쳐내더니 혼자서 아버지의 옷을 벗겨내기 시작했다.

차분히 해도 안 되는 일이 독 오른 손에 될 리 없었다. 나뭇가지처럼 뻣뻣한 팔과 다리가 솔기에 걸려 빠지지 않자, 엄마는 서랍을 뒤져 가위를 꺼내왔다. 그러고는 조각조각 저러다가 살점이라도 잘리지 않을까 옆에서 보기 무서울 만큼 뎅겅뎅겅 옷을 잘라냈다.

마지막으로 오줌을 받기 위해 생식기 끝에 묶어둔 비닐봉지까지 풀어버리자 아버지는 순식간에 벌거숭이가 됐다. 손끝발끝이 다 뻣뻣해지도록 유일하게 보드랍던 생식기가 가랑이 사이로 툭 떨어졌다. 엄마는 뭐가 분한지 숨을 씩씩 몰아쉬며 아버지의 생식기를 손바닥에 쥐고는 나를 잡아끌었다. 봐라, 자지가 이렇게 딱 올라붙었잖냐. 남자가 죽을 때가 되면 생식기가 쭈그러든 번데기마냥 고환 속으로 푹 파묻힌다는 게 엄마의 설명이었다. 그놈의 자지가 오늘만 올라붙었나, 싶었지만 대꾸하지 않았다. 자지 이야기만 나오면 뭐라고 더 할 말이 없었다.

엄마가 그 말을 처음 꺼낸 건 수술을 마친 아버지를 면회하고 나서였다. 눈이 퉁퉁 붓도록 서럽게 울며 나온 엄마가 꺼낸

첫마디가 그랬다. 느이 아부지 자지가 올라붙었어. 느닷없는 말에 처음에는 엄마가 어떻게 된 거 아닌가 했다. 얼굴이 확 붉어져서 나는 사람들이 없는 곳으로 엄마를 잡아끌었다. 무슨 소리야, 민망하게. 엄마는 답답하다는 듯 손으로 시늉까지 하며 설명을 했다. 느이 아부지 자지가 이렇게 붕알 속으로 착 올라붙었다니까. 자지가 그렇게 올라붙으면 죽는 거란 말이다. 그러면서 또 꺽꺽 울기 시작하는데 기분이 아주 묘했다. 그 상황에서 엄마가 확인한 것이 아버지의 생식능력은 아니었을 거라고 믿지만, 그래도 그순간 엄마의 모습은 영락없이 짝 잃은 한 마리의 암컷으로 보였다. 엄마가 여자로 보이는데 불쌍하지 않을 수 없다. 자지 이야기까지 나왔으니 시키는 대로 한복이나 갈아입혀야 했다.

그사이 아버지의 호흡은 점점 더 거칠어졌다. 숨을 멈추는 시간도 길어졌다. 바지를 입히는 동안 전혀 숨을 쉬지 않아 진짜 가셨나 싶어 잠깐 쳐다보면 갑자기 으허허 하며 숨을 다시 내뱉는 바람에 놀라 엉덩방아를 찧기도 했다. 내가 옷을 갈아입히는 걸 보고 마음이 가라앉았는지 엄마는 이제 119로 전화를 했다. 여기 위독환자요. 돌아가실라고 하니까 얼른 좀 와요. 가시는 길 돕자는 건지, 가시라고 고사를 지내는 건지 목구멍에서 말이 들쑤시는데 차마 엄마한테는 내뱉지도 못하고 아버지의 뻣뻣한 몸만 억지로 당기고 젖히며 힘을 쓰는데 한순간 아버지의 몸에서 모든 힘이 스르르 풀렸다. 그르렁, 꺼억 숨을 참던 소리도 일시에 다 사라졌다. 대신에 작은 새 한 마리가 내 팔 안에 폭 안겨 있었다. 언제 아버지는 이렇게 작아진 것일까. 강보에 싸인 아이처럼 하얀 한복에 싸인 아버지가 내 두 팔에 온몸을 다 맡겨두고 있었다. 보들보들하고 가벼운 몸이 바람이라도 불면 날아갈 것 같아 나는 아버지를 꼭 안았다. 죽음이 이렇게 고요할 수도 있구나, 경탄하느라 내 몸에는 오슬오슬 소름이 돋는데, 눈을 절반은 감고 절반은 뜬 아버지는 그러나 오랜만에 보는 평화로운 얼굴이었다. 에고, 먼길 가느라 욕봤소. 엄마가 거친 손으로 아버지 눈을 쓰다듬었다. 동시에 딩동, 초인종 소리가 울렸다. 구급차가 도착한 것이다. 끝났다. 이제야 겨우 끝났다. 나는 이동침대에 실려나가는 아버지를 보며 가슴을 쓸어내렸다.

장례는 조용하고 빠르게 치러졌다. 영정도 수의도 미리 준비되어 있었다. 화장을 하고, 유골은 납골당에 모시기로 했다. 엄마와 나는 소복 대신 검은 정장을 입었다. 장례 비용과 연락해야 할 사람들, 모든 일이 예행연습이라도 했던 것처럼 매끄럽게 진행되었다. 크게 우는 사람도 없고, 시비를 거는 사람도 없었다. 낮에는 친척들이 왔고, 저녁에는 친구들이 왔다. 밤을 새우며 고스톱판을 벌이는 이들조차도 상주들의 휴식을 방해하지 않았다.

그렇게 사흘이 지나고 운구를 하는 날에는 소풍이라도 갔으면 싶게 더없이 화창했다. 아무 일 없다는 듯 태평하게 맑은 날씨가 문득 서러워 잠깐 눈물이 났으나 그뿐이었다. 아버지가 쓰러져 있는 동안 내내 쓰던 입맛도 말짱했다. 떫지 않으니 죽음도 죽음 같지 않았다. 장지에 다녀온 오후에 동사무소와 구청에 들러 사망신고서를 제출하고, 세대주와 호주 변경 신청을 했다. 의료보험조합에서 지급하는 장례비용을 어떻게 받아야 하는지를 몰라 허둥댄 것이 혼선이라면 혼선의 전부였다. 모든 절차를 하나도 빼먹지 않고 차례대로 끝낸 후 엄마와 나는 모처럼 나란히 목욕을 하고, 짜장면과 짬뽕을 시켜 사이 좋게 나눠먹은 다음 오랜만에 길고 단 낮잠에 빠졌다. 이 순간이 오기를 우리는 얼마나 간절히 바랐던가. 지난 몇 년간 끝없이 갈구하던 휴식을 비로소 맞게 되었으니, 하늘에 계시는 아버지도 부디 행복하시라.

아버지가 쓰러진 건 2년 전 설을 지내고 며칠 지나지 않아서였다. 연락을 받고 병원에 달려가보니 이미 의식이 없었다. 병원에서는 24시간이 고비라고 했다. 24시간 안에 돌아가실 확률이 높다는 뜻이었는데, 엄마와 나는 처음에 그 말을 24시간만 넘기면 회복이 가능하다는 말로 이해했다. 달리는 생각하고 싶지 않기도 했다. 24시간은 무척 긴 시간이었다. 한 초, 한 분, 한 시간이 흐르는 동안 시곗바늘의 미세한 움직임이 심장박동에 꽂혀 함께 쿵쿵거렸다. 그렇게 어렵게 24시간을 보내고 나니 두고 보자는 시간이 24시간 뒤로 연장되었다. 24시간 후에 또 24시간 그리고 또 24시간. 그렇게 서너 번쯤 더 시간이 연장된 후에는 엄마도 나도 거의 녹초가 되어 있었다. 죽든 살든 이제 그만 한쪽을 택해줬으면 싶었다. 사망의 위험이 있지만 이제라도 수술하는 것이 좋겠다. 의사가 말했을 때 엄마와 내가 바로 동의했던 것도 그것만이 둘 중 하나를 가늠해줄 것 같았기 때문이었다. 그러나 열 시간이 넘는 긴 수술을 마친 후 퉁퉁 부어서 나오는 아버지를 보자 아차 싶었다. 의사는 수술이 잘되었다고 했다. 이제 재출혈로 인한 사망은 없을 거라고 했다. 그러나 깨어날 수 있을지는 모르겠다고 했다. 사망은 없을 거라고? 마음이 심하게 덜컥거렸다. 아무리 봐도 아버지의 얼굴은 의식 따위 이미 저 먼 곳으로 보낸 얼굴이었다. 다시 깨어날 것 같지 않았다. 그런데 사망도 없을 거라고? 아, 나는 아버지가 떠날 수 있는 길을 막았구나. 이 무겁고 막막한 상태를 벗어날 기회를 잃었구나. 참담했다. 내 뒤에 남은 한없이 길고 막막한 생이 팔짱 끼고 나를 조롱하며, 어서 오너라, 커다랗고 어두운 아가리를 한껏 벌리고 있는 것만 같았다.

'식물인간'이라는 말이 얼마나 함축적이고 적합한 표현인지는 직접 겪어봐야 안다. 움직이지 못해서만 식물인 것은 아니었다. 화분처럼 누군가 돌보아야 하기 때문만도 아니었다. 누워만 있는데 살까지 찌면 곤란하다고 섭취 열량을 줄이라고 하는 병원측 권고에도 아랑곳하지 않고 엄마는 불쌍하다는 이유 하나만으로 아버지에게 고단백의 유동식을 하루에도 다섯 번씩 공급했다. 그런데도 아버지의 몸은 점점 마르고 뻣뻣해졌다. 더이상 병원에 있을 의미도 없겠다 싶어 집으로 모셔온 후에 몸 상태는 더 심각해졌다. 날마다 관절 운동을 시켰지만 몸은 점점 나뭇가지처럼 뻣뻣해졌다. 나중에는 잘못 건드리면 우두둑 뼈가 부러질 것만 같았다. 그렇게 한참을 몸이 굳더니 어느 순간부터는 욕창이 피어났다. 툭 튀어나온 꼬리뼈 사이에 붉은 반점이 꽃봉오리처럼 맺히더니 이내 만개한 꽃처럼 등판에 번져나갔다. 열 평 아파트에서 그 꽃이 피우는 냄새는 또 얼마나 짙던가.

처음 얼마간은 기적을 바라기도 했다. 그러나 곧 세월만 어서 가라 체념하게 됐고, 그다음부터는 어서 당신 갈 길 가시라, 엄마와 나는 기도하고 있었다. 회사에 출근해서 근무하는 동안 나는 틈틈이 인터넷 사이트를 뒤져 식물인간의 평균 수명을 알아보았다. 1년 내외라는 글을 보면 나도 모르게 안도했고, 15년 이상의 생존 사례가 나오면 가슴이 덜컥 내려앉았다. 엄마도 마찬가지였다. 아무개는 1, 2년밖에 못 살았다더라 하면 결승선을 발견한 마라토너처럼 눈이 반짝였고, 그렇게 20년 가까이 산 사람도 있다더라 하면 구들장이 꺼질 듯이 한숨을 쉬었다.

아버지에 대한 희망을 잃자 엄마와 나의 머리 굴리기가 시작되었다. 선제공격은 늘 엄마가 맡았다.

"너 그때 선생인가 뭔가 되고 싶다고 하지 않았냐?"

"이 상황에 내가 임용고시 준비하게 생겼어?"

"안 될 건 또 뭐 있냐. 이참에 그냥 회사 관두고 집에 앉아서 공부하면 되지."

"돈은? 약값은 누가 댈 건데?"

"병원비처럼 많이 드는 것도 아닌데 뭐가 걱정이냐. 내가 파출부 나가서 조금 보태고, 너도 공부하면서 전에 하던 것처럼 애들 과외 한두 개씩 아르바이트로 하고 그러면 산 입에 거미줄 치겠냐."

그러니까 말인즉 나보고 집에서 아버지를 대신 간병하라는 것이었다. 물론 내가 그 제안을 받아들였을 리 없다. 경제 불황 때마다 언제 잘릴지 모르는 회사에 목을 매다느니 임용고시를 준비해서 평생직장을 마련하고 싶다고 날마다 노래를 불렀지만, 지금은 그 노래를 부를 때가 아니었다. 나는 아버지를 집으로 모셔온 이후 장만해야 했던 물침대와 휠체어 그리고 각종 의약품 구입에 든 비용을 조목조목 따졌다. 일이 있다가도 없는 파출부로 해결할 수 있는 금액이 아님을 상기시키자 그 모든 물건의 실구매를 담당했던 엄마는, 사실 그게 그렇게나 많이 든 건 아니었고…… 하며 꼬리를 달다가, 그렇게 든 게 아녔어? 날카롭게 반문하자, 그 정도 들기는 했지, 하고 얼른 말을 바꾸었다. 이 암울한 와중에 이문을 남기는 계산속에 화가 치밀었지만 나도 그쯤에서 입을 다물었다. 잘못 비위를 건드렸다가는 정말로 내가 아버지를 도맡아야 하는 상황이 벌어질지 몰랐다. 엄마는 충분히 그러고도 남을 사람이었고, 나 역시 살지도 죽지도 않은 환자를 24시간 수발들며 청춘을 보내고 싶지는 않았다.

"그럼 나 춤이나 배울란다. 지루박하고 탱고하고."

춤? 이건 또 뭔 소린가.

"갑갑해서 그래. 허공에 눈만 굴리고 있는 양반 쳐다보고 있으면 아주 갑갑해서 그래."

하기야 엄마는 환갑이 넘었어도 목소리만 들으면 삼십대로도 속아줄 만큼 젊었다. 성질도 그만큼 급해서 진득하니 할 줄 아는 게 하나도 없었다. 하루종일 허공을 향해 초점 없는 눈만 굴리는 환자하고 있으면서 덩달아 말도 못하고 움직이지도 못하니 오금이 저릴 법도 했다. 심심하고 답답하니 틈만 나면 드는 게 수화기였다. 상대는 늘 나였다. 엄마는 친구도 없어? 화를 내면 내 사는 꼴 남 보이기 싫다고 중얼거렸다. 시간마다 집에서 전화가 걸려오니 회사에서도 눈치가 보였다. 아버지를 돌보는 일말고 뭔가 다른 취미가 필요하기는 했다. 갑갑해서 더이상 못 견디겠다고 역할 바꾸자고 손들어버리면 나만 낭패였다.

"학원 알아봐줘?"

"영감 눕혀놓고 딴스학원 가면 욕먹지. 그냥 비디오테이프나 하나 사오든지."

당장 다음날로 청계천 골목을 돌았다. 나이 먹은 이들을 위한 댄스 교습 비디오는 찾기 어려웠다. 춤 교습 비디오는 많았지만 살사, 라틴, 맘보처럼 젊은 사람들이 배우기 좋은 격렬한 춤들이 대부분이었다. 어렵사리 하나를 구해가지고 엄마에게 바쳤다. 그러나 한숨을 돌리기도 전에 회사로 또 전화가 왔다.

"애, 이게 지금 어떻게 하라는 거냐?"

처음에는 비디오 작동하는 법을 모르겠다고 전화가 왔다. 테이프를 넣고, 오른쪽에 파란색으로 그려진 화살표가 있는 버튼을 눌러. 비디오 켜는 걸 가르쳐주고 5분이 지나자 또 전화가 왔다. 텔레비전에는 다른 프로그램이 나오는 중이라고 했다. 채널을 4번으로 맞추라고 했잖아. 시간마다 오던 전화가 십 분 간격으로 오고 있었다. 애, 동작이 너무 빨라서 그냥 지나갔어. 그 부분만 다시 따라 하려면 어떻게 해? 테이프 되감기에 대한 설명까지 하려니 약이 올라서 눈물이 다 났다. 하루 종일 전화로 씨름을 하다가 퇴근해보니 엄마는 그때까지도 비디오 앞에서 뒤뚱뒤뚱 몸을 놀리고 있었다. 회사로 자꾸 전화하지 말란 말이야. 악다구니를 쓸 참이었는데 그 모습을 보니 차마 말이 안 나왔다. 눈치도 없는 건지 엄마는 반색까지 하며 내 손을 잡아끌었다. 동작을 어떻게 하라는 건지 이해가 되지 않는다고 했다.

"뭘 어떻게 해, 어떻게 하긴. 비디오에서 시키는 대로 하면 되지."

"그러지 말고, 좀 가르쳐줘봐. 자 팔 얹고, 발 들고, 그다음에도는 거 맞지?"

"아니, 팔 허리에 얹고, 발끝 세우고, 앞에 찍고, 뒤로 돌고. 아니 뒤부터 돌지 말고, 앞에 찍고!"

솔직히 나도 비디오에서 가르치는 동작이 뭘 어쩌라는 건지 정확히 이해가 가지는 않았다. 중요한 건 우리가 뭔가 다른 걸 하고 있다는 것이었다. 나는 비디오에 나오는 남자처럼 엄마 어깨에 팔을 걸었다. 그리고 손을 돌려 엄마를 한 바퀴 턴을 시켰다. 비디오 속 댄서들과 우리의 동작이 일치했다 어긋났다 다시 일치했다. 뭔가 조금씩 맞는 것 같다는 느낌이 들 때마다 엄마가 소녀처럼 까르르 웃었다. 춤추니까 좋아? 어이가 없어 묻자, 내가 말이다, 이래봬도 어려서 발레를 배운 적이 있거든, 하며 통통한 발끝을 살짝 세우는 엄마 얼굴이 발그레하게 물들었다. 아버지는 작은방 화분에 담겨 시름없이 자라고, 엄마와 나는 옆방에서 뱅글뱅글 어깨에 손을 걸고 춤을 추던 저녁과 저녁들.

파트너 없는 춤은 일주일이 지나자 금세 지겨워졌다. 그다음에는 자전거를 사달라고 했다. 자전거를 갖는 건 엄마의 오랜 소원 가운데 하나였다. 물론 엄마는 자전거를 탈 줄 몰랐다. 자전거를 배우고 싶다고, 아버지가 건강할 때는 주말 저녁마다 온 가족을 공원으로 끌어내고는 했다. 그래놓고는 막상 자전거 배우는 일에는 겁을 먹었다. 아버지가 옆에서 그렇게 잡아줘도 땅에서 발을 떼는 순간 늘 넘어졌다. 페달을 밟으면서 앞으로 바퀴를 굴리라고 설명을 해도 소용이 없었다. 너무 뚱뚱해서 균형을 못 잡는 거라는 변명만 했다. 가르쳐주는 사람이 있어도 못 배우던 자전거가 이제 와 새삼 무슨 소용 있으랴 싶었지만 나는 그 부탁만큼은 톡 쏘지 않고 들어줬다. 혼자 빈 방에서 춤을 추는 엄마보다는 자전거를 타고 뒤뚱거리는 엄마를 보는 게 맘이 더 편할 듯싶었다. 물론 뭐든 해드릴 테니 제발 어디 도망가지 말고 아버지만 맡아달라는 뜻도 있었다. 그러나 자전거는 사흘도 가지 못했다.

엄마가 다음에 재미를 붙인 건 음식을 만드는 일이었다. 그건 정말 곤혹스러운 취미였다. 집에 있는 시간을 되도록 최소화하려고 애썼던 내가 집에서 식사를 할 리 없고, 아버지는 굵은 주사기로 유동식을 투입하는 게 식사의 전부였으니 먹을 사람도 없는 음식이었다. 쓸데없이 남아도는 음식도 문제였고, 먹지도 않는 음식을 만드느라 드는 재료비도 아까웠으나 가장 괴로운 건 냄새였다. 아버지가 집에 오면서 안 그래도 불쾌한 냄새가 가시지 않았다. 가래를 뽑아내기 위해 뚫었던 목의 구멍은 수술로도 봉합할 수 없는 상태가 되어서 폭폭 삭은 가래가 몽글몽글 피어올랐고, 몸에 욕창이 생기면서부터는 살이 썩는 냄새도 섞였다. 치료를 위해 몸에 바르는 각종 소독약과 연고들의 냄새, 식사를 위해 각종 생식과 채소를 갈아대는 냄새, 그 냄새들 속에 엄마가 새롭게 취미를 붙인 음식 냄새가 섞였다. 현관을 열고, 창문을 열어도 냄새들은 쉬 가시지 않았다.

다행히 음식을 만드는 일은 한 달쯤 계속되다가 중단되었다. 기저귀를 갈다가, 환부에 드레싱을 하다가 음식을 버무리는 일은 어떤 순서로 해도 비위생적이라는 게 표면적인 이유였지만, 사실은 집에 가만히 앉아 몇 걸음 이내의 동선을 종종걸음 치며 음식을 조물거리는 일이 움직이지 못하는 환자를 돌보는 일과 많이 닮았다는 걸 깨달았기 때문이었다. 엄마는 그 사실에 진저리를 쳤다. 대신에 엄마는 음식을 만드는 과정에서 괜찮은 걸 하나 발견했는데, 바로 장보기였다. 그전까지도 엄마는 아버지 혼자 두고 집을 비우는 걸 몹시 불안해했다. 집안에 함께 갇혀 있는 걸 갑갑해하면서도 잠깐이라도 집을 비울 일이 생기면 그사이 무슨 일이 날까봐 안절부절못했다. 정 답답하면 휠체어에 아버지를 억지로 앉혀 함께 동네 한 바퀴를 돌더라도 아버지 혼자만 두고는 여간해서 집을 비우지 않았다. 그런데 음식을 만들기 위해 필요한 재료들을 사러 나가면서 엄마는 그것이 매우 합법적이고 타당한 외출의 구실이 된다는 걸 깨달았다.

엄마가 장을 보러 다니면서부터 음식 대신 음식 재료들이 냉장고에 채워졌다. 여름에 삶아내서 국물을 만들어두면 시원하게 국수를 말 수 있는 콩, 살짝 데쳐서 소스에 찍어먹으면 몸에 좋은 유기농 채소, 곱게 갈아서 국물 내면 뼈에 좋은 생선…… 그냥 재료만 사다놓기는 그랬는지 재료마다 필요한 이유는 다 붙었다. 그러나 식탁은 말로만 풍성할 뿐이었다. 재료들은 늘 원형 그대로 냉장고에 있다가 버려졌다. 장 보는 취미는 꽤 오랫동안 계속되었다. 찾아가는 시장도 점점 더 먼 곳에 있었다. 과일도, 채소도, 말린 생선도 산지에서 사야 더더욱 좋은 법. 인근 농협 매장에서 옆 동네 할인마트로, 할인마트에서 서울 외곽 농수산물 도소매 시장으로 그리고 산지로 엄마의 외출 반경은 점점 더 멀어지고 있었다. 그럴수록 나는 겁이 났다. 그렇게 점점 멀리 가다가 돌아오지 않으면 어쩌나. 어느날 집 근처에 다 왔는데 창문에 불빛이 보이지 않으면 가슴이 덜컥 내려앉았다. 나만 아버지 옆에 두고 엄마 혼자서 도망친 건 아닐까.

집에 있는 동안 엄마가 회사에 있는 나에게 그랬던 것처럼 엄마가 장 보기를 시작하면서 나는 엄마에게 전화를 걸기 시작했다. 어디야? 언제 들어갈 거야? 전화를 끊고 한 시간만 지나면 또 궁금했다. 지금은 어디야? 아직 안 들어갔어? 그러면 엄마는 전에 내가 했던 것처럼 짜증을 냈다. 왜 자꾸 전화를 하고 지랄이냐, 내가 어디 도망이라도 갔냐. 가끔은 여유 있게 농담도 했다. 뭐가 걱정이냐. 너네 아버지니까 네가 맡으면 되지. 그러면 나도 바락바락 소리를 질렀다. 싫어. 엄마 서방이니까 엄마가 책임져. 나는 낳아달라고 한 적 없어! 그러면서 은근히 불안해졌다. 정말로 엄마는 도망치려는 게 아닐까.

그래서 나는 헤어진 애인들에게 전화를 걸기 시작했다. 놀아줘. 위로가 필요한 건 나도 마찬가지였다. 인생이 이렇게 꼬일 줄 알았으면 누구든 한 명 잡아서 결혼할 걸 그랬다. 그래서 가끔씩만 들여다보면서 아버지는 좀 괜찮아지셨는지 물어나보며 살 걸 그랬다, 하루에도 열 번씩 후회했다. 그래서 나는 뒤늦게나마 그들에게 매달렸다. 내게는 그들 하나하나가 춤이요, 음식이요, 그리고 구원으로 보였다. 헤어졌다는 사실을 까맣게 잊은 것처럼 모닝콜을 하고 잠들기 전에 문자를 보냈다. 일과를 세세히 보고하는 편지를 보내기도 했다. 물론 어디에서도 응답은 없었다. 나는 그게 좀 분했다. 분하면서도 여전히 다른 탈출구가 보이지 않았다. 그렇게 오래전 기억에 기대고 또 기대는 동안 엄마는 나보다 한발 빠르게 움직였다.

하루는 자정이 다 되어서 집에 왔는데 창문이 컴컴했다. 그날 오후 엄마가 전화했었다.

—나 인천 간다.

—인천?

—거기 포구에 새우젓이 좋단다. 살이 토실토실 여문 것이 짜지도 않고 그렇게 싱싱하단다.

—한여름에 새우젓은 뭐 하게?

—뭐하긴. 가을에 김장해야지.

전철을 타고 움직이는 중인지 덜컹거리는 소리가 중간중간 섞여 들어왔다. 세상에 이제는 인천까지 장을 보러 가다니 속에서 천불이 일었다. 딸년 속은 그러거나 말거나 엄마는 당신

하실 말씀만 하고는 툭 끊더니 다시 걸어도 받지를 않았다. 그러더니 두 시간쯤 후에 또 전화가 왔다.

　—배를 타야 한단다.

　—배? 무슨 배?

　—여기서 배를 타고 들어가야 장이 서는데, 배가 하루에 한 번인가 두 번 온단다.

　—그런 배를 타고 들어갔다가 언제 올라구!

　다른 날 같으면, 안 돌아갈까봐 겁나서 지랄이냐, 욕이 몇 사발은 쏟아졌을 텐데, 더위에 늘어진 버드나무 가지마냥 엄마의 대답은 휘적휘적 늘어지기만 했다.

　—오겠지. 온다고 했으니까 오겠지. 금세 온다니까 오겠지.

　뭐라고 대꾸를 하든 따지든 해야 하는데 갑자기 말문이 턱 막혔다. 인천까지면 자동차를 타고 가도 먼 거리였다. 전철로는 두 시간이 넘게 걸렸다. 항시 사람 많은 열차에 빈자리야 당연히 없었을 것이고, 연중 최고 더위라는 불볕이 시야까지 아른거리게 하는 날씨에 새우젓 하나 핑계로 휘적휘적 도망쳐나간 육십 노인이 내 엄마라고 생각하니 환장할 지경이었다. 하기는 내가 엄마라도 그러고 싶었을 것이다. 돌아가봐야 곰팡이 꽃처럼 핀 영감 혼자 좁은 방에 누워 초점 없는 눈만 사방팔방으로 굴리고 있을 텐데, 죽지도 살지도 않는 시간만 날 잡아먹자고 문지방에 퍼질러 앉았을 텐데, 하루에 한 번 오는 배 아니라 사흘에 한 번 오는 배라도 기다리고 싶었을 것이다. 가습이 픽픽하게 미어지는데, 저쪽에서는 암튼 그리 알고 있어라 하더니 다시 전화가 툭 끊겼다. 다시 걸자 전화기가 꺼져 있었다. 그러나 이해는 해도 현실은 받아들이고 싶지 않았다. 하루종일 마음이 불안했는데 결국 불 꺼진 창을 보고야 만 것이다.

설마 일찍 잠드신 게지, 현관을 열었으나 아무 기척도 없었다. 아버지가 있는 작은방에서만 가르랑가르랑 가래 끓는 소리가 들렸다. 혹시 내 귀가가 늦어 밖에서 기다리시나. 가끔 그런 일이 있기는 했다. 나는 불을 켜고 싱크대부터 살폈다. 아버지 저녁을 챙겼으면 설거짓거리가 쌓여 있거나 설거지도 했으면 물기라도 남아 있어야 했다. 그러나 싱크대는 손으로 문지르면 뽀득뽀득 소리가 날 만큼 바싹 말라 있었다. 아침에 나가여태 들어오지 않은 게 틀림없었다. 젠장, 엄마도 아냐. 애처럼 울음이 나려고 했다. 우선은 아버지 용변부터 살펴야 했다. 다행히 똥은 싸지 않았는데 오줌을 받아내기 위해 묶어둔 비닐봉지는 넘쳐나기 직전이었다. 검붉은 오줌이 커다란 비닐봉투에 팽팽하게 차 있어서 나는 비닐을 묶은 끈을 풀면서 오줌을 쏟지 않으려고 조심해야 했다.

하루를 묵어 냄새나는 오줌을 변기에 쏟아버리고 있자니 청승이 절로 찾아왔다. 오줌주머니는 채우고 위는 비웠을 아버지를 생각하면 늦은 끼니라도 드려야 했다. 끼니마다 만들기 번거롭고 귀찮다고 한꺼번에 만들어 냉장고에 넣어둔 유동식은 차게 덩어리져 있었다. 물컹물컹하고 시커먼 유동식 덩어리를 보자 문득 어려서 훔쳐먹었던 노부부의 밥상이 떠올랐다. 혹시 그날 내가 먹었던 것이 이것은 아니었을까. 국자에 엉겨붙은 유동식 덩어리를 보자니 속에서 쓴 물이 절로 올라왔다. 그걸 한 덩이 퍼서 두유하고 섞어 믹서에 넣고 갈았다. 이 것저것 잡다하게 섞인 곡물냄새가 역하게 퍼졌다. 구역질이 나는 걸 겨우 참으며 만들고 나니 이걸 어떻게 먹여야 할지 난감했다. 식도에 가느다란 튜브를 집어넣어 음식물을 공급하는 방식은 오래할 수 없다며, 배를 째고 위에 튜브를 바로 연결하는 수술을 하자고 의사가 말했을 때 엄마는 앞으로 더는 어떤 수술도 시키지 않을 거라며 난리를 쳤다. 이런 날이 올 줄 알았으면 그때 의사 말을 들었어야 했다. 굵은 주사기에 유동식을 넣고 입안에 흘려넣어 삼키게 하는 방식은 볼 때는 쉬웠는데 직접 하자니 쉽지 않았다. 나름대로 속도를 조절해서 아버지 입에 겨우 음식물을 밀어 넣기는 했는데, 씹어 삼킬 줄 모르니 벌어진 입으로 고스란히 흘러나왔다. 그럴 때마다 엄마는 아버지의 코를 움켜쥐어 강제로 숨을 틀어막고는 했다. 그러면 입으로 숨을 쉬느라 거칠게 호흡하면서 음식물도 같이 삼켰는데, 그러다가 음식물이 폐로 잘못 넘어가면 폐렴이 될 수도 있어 내가 질색을 하는 방법이었다. 그런데 닥치고 보니 그 방법밖에 없었다. 나도 엄마처럼 아버지의 숨을 틀어막는 식으로 음식물을 삼키게 했다. 그러면서 엄마처럼 중얼거렸다. 폐렴

무서워 굶겨 죽이냐.

그 밤을 뜬눈으로 새웠는데 엄마는 돌아오지 않았다. 어쩔 수 없이 회사에 양해를 구해 휴가를 내야 했다. 그다음 이틀은 다행히 연휴였다. 그러나 엄마가 돌아오시지 않으면 다행이 아니라 최악의 연휴가 될 게 틀림없었다. 도망간 게 틀림없어. 속에서는 뭔가가 자꾸 울컥거리는데 눈물은 나지도 않았다. 정말 돌아오지 않으면 어쩌나. 가출신고도 할 수 없었다. 그랬다가 도망친 게 사실로 확인되면 그다음에는 어찌해야 하는지 나는 무서웠다. 그래서 또 헤어진 애인에게 전화를 걸었다.

—엄마가 없어졌어.

—그런데?

—무서워.

—그래서?

—죽어버릴 거야.

—그래, 그럴 수밖에 없다면.

더이상 할말이 없었다. 나는 가만히 수화기를 내려놓았다. 때가 되면 아버지에게 유동식을 먹이고, 대소변을 받아내고, 남는 시간에 이렇게 흘러가는 청춘이 억울해 가슴이나 두드리면서 엄마를 기다리는 수밖에 없었다. 더이상 늘어질 게 없는 시간인 줄 알았는데, 웬걸 더 긴 시간도 있었다. 잠도 못 자고, 울지도 못하고, 약이 오를 대로 올라 하루종일 아버지의 오줌 주머니나 비워내고 유동식을 주는 일은 아예 접어버린 날 엄마가 돌아왔다. 나흘 만이었다. 어디서 마셨는지 거나하게 술이 취한 상태였다. 비틀거리는 엄마를 보자니 감정이 복잡했다. 어이가 없기도 하고 고맙기도 하고 다행스럽기도 한 와중에 빈손부터 눈에 들어왔다.

"새우젓은?"

"새우가 날 잡아먹더라. 끄억."

"김장할 거라며."

"김장은 무슨, 끄억. 세월이나 담가먹었으면 좋겠다. 끄억."

그렇게 술 취해 비틀거리면서 냉장고를 열더니 엄마는 남아 있는 유동식 양을 확인하고는 느닷없이 손바닥으로 내 등짝을 후려쳤다. 이년이 아버지 밥도 안 줬구만. 그러고는 서둘러 이것저것을 갈더니 작은방에 들어가 아버지에게 먹이기 시작했다. 코를 찌르는 술냄새에 몸도 못 가누면서 주사기를 든 손만은 떨지도 않고 정확하게 움직였다. 꿀떡꿀떡 음식물을 삼키는 아버지와 술에 취해 흥얼흥얼 콧노래까지 불러가며 주사기를 누르는 엄마를 보자니 목이 뻑뻑하게 아프면서 눈물이 뚝뚝 떨어지기 시작했다. 아버지가 쓰러지고 나서 한 번도 나는 다른 사람들 앞에서 울지 않았다. 헤어진 애인들에게 매달리면서도 울지 않았다. 울어도 좋을 만큼 한가하지 않다고 생각했다. 그렇게 참았던 울음이 그날, 술 취한 어머니의 등을 보자 한 방울, 두 방울 떨어지더니 아예 통곡이 되어버렸다. 울고 또 울어도 눈물이 계속 나왔다. 그러거나 말거나 콧노래까지 불러가며 아버지 욕창 부위의 드레싱까지 혼자 말끔하게 해낸 엄마는, 이년아, 203호 할아버지 돌아가셨다고 장례 치르러 뛰어올라, 한마디하더니 아버지 옆에 누워 드르렁드르렁 코를 골기 시작했다.

그날 이후 나는 헤어진 애인들에게 전화하지 않았고, 엄마는 장을 보러 다니지 않았다. 다른 것은 모두 이전과 똑같은 시간의 반복이었다. 장을 보는 대신 엄마가 무엇을 하기 시작했는지는 모르겠다. 영정을 준비하거나, 장례식에 부를 지인들의 목록을 작성하는 등 죽음의 절차를 준비하는 걸로 소일하는 듯했으나 그 밖의 시간에 대해서는 알 수 없었다. 나도 묻지 않았고, 엄마도 대답하지 않았다. 가끔씩 무언가 서늘하고 날카로운 기운이 엄마와 나 사이를 오갔으나 모르는 척했다. 그게 서로를 위한 최대한의 예의이기도 했다. 시간은 한없이 느리고 지루하게 흘렀고, 아버지는 꼬박 일 년을 더 살아 있었다.

"사진 태울까?"

긴 낮잠에서 깨어보니 엄마는 이미 일어나 앉아서 이것저것 아버지가 쓰던 물건을 정리하고 있는 중이었다. 나는 엄마의 등을 보고 물었다. 오랜만의 질문이었다. 각자 견디던 시간이 비로소 다시 어떤 접점으로 돌아온 것이다.

"내가 언젠가 한번 싹 정리해서 태울 게 남았을라나 모르겠다."

"그럼 옷 태울까?"

"옷은 한 번인가 두 번밖에 안 입은 새것들이 많아서 경비 아저씨들 주려는데……."

"죽은 사람 옷인데 좋다고 하겠어?"

"아까참에 나가서 물어보니까 좋다고 하더라. 환갑날 백만 원 주고 산 무스탕은 아껴 입느라고 세 번도 안 입었는데, 께름칙하면 말고 좋으면 입으시라니까 서로 갖겠다고 하더라."

"그럼 뭐할까?"

"여기저기 쓸고 닦다보니까 안 태운 사진들이랑 아부지 쓰시던 물건들이랑 있기는 좀 있던데 그거나 태우든지."

"엄마 노래학원 끊어줄까? 집에 혼자 있기 싫을 텐데."

"글쎄. 배울라면 나는 춤이 좋은데, 영감 보내고 춤추러 다닌다고 수군대지 않겠냐."

해가 저물어서 아이들도 다 돌아간 놀이터는 물건을 태우기에 적당한 곳이었다. 모랫바닥 한가운데에 쪼그리고 앉아 나는 엄마가 미처 정리 못한 사진과 아버지가 쓰시던 수첩과 몇 가지 물건들을 한 장씩 태우고 또 태웠다. 환하게 피었다가 사그라드는 불꽃을 보자니 마음이 애틋해졌다. 언제일지 모르되 빤히 보이는 죽음이었으므로, 몸만 빼고는 이미 다 정리가 끝난 집에서 몸조차 저세상으로 건너가니 아버지가 살았던 시절이 있기는 했나 싶었다. 사람은 죽으면서 제 몸의 체취도 다 가져간다더니 어떻게 환기를 해도 가시지 않던 썩은 살냄새조차 어느 한구석 남아 있지 않아서 영영 끝나지 않을 것처럼 서슬 퍼렇게 덤벼들던 순간이 다 꿈만 같았다. 몇 장 남지 않은 아버지의 흔적을 태우며 그제야 비로소 마음 한구석이 시큰거리는데 쓰레기 버리러 간 엄마가 저멀리서 나를 불렀다.

"야야. 나 좀 봐라."

무심코 고개를 들다가 나는 순간 눈을 의심했다. 내 눈앞에 그 언젠가 엄마가 원해서 샀으되 사흘 만에 베란다 깊숙이 처박힌 자전거가 달려오고 있는 게 보였다. 자전거 위에 올라앉은 건 엄마였다. 발을 땅에 내려놓지도 않고, 시원스레 페달을 쭉쭉 밟으며 엄마가 내 앞으로 달려오고 있었다. 초저녁 바람 때문에 숱 적은 엄마의 머리가 나풀나풀 흩날렸다.

엄마는 언제 자전거를 배웠을까. 언젠가 엄마가 지나가는 말처럼 볕 좋은 날에는 아버지를 휠체어에 태우고 나가, 아버지는 해바라기를 하고 엄마는 운동을 한다고 한 적이 있었다. 무슨 운동? 하고 물으면 걷기도 하고 뛰기도 하고 자전거도 타지. 수줍게 대답했던 기억이 났다. 하지만 자전거 페달 한번 제대로 밟아본 적 없이 안장에 걸터앉아 발만 구르고도 자전거를 탔다고 하는 사람이 엄마인지라 그런가보다 했다. 잡아주는 아버지도 없는데, 엄마가 자전거를 배울 방법은 없어 보였다. 기껏해야 휠체어 탄 아버지 옆에서 제자리 걷기나 했을 거라고 단정했다. 그런데 정말 자전거를 배웠나. 푸른 공기를 휙 가르며 자전거를 타고 달리는 엄마를 보자니 뭐에 홀린 기분이었다. 몸만 여기 두고 정신은 이미 저승에 보낸 아버지를 양지에 앉혀두고 엄마는 어떻게 혼자서 자전거를 배울 생각을 했을까. 저렇게 가볍게 자전거를 밟고 대체 어디로 내달리고 싶었던 것일까.

자전거를 타고 달리는 엄마는 한 마리 나비 같았다. 그대로 어딘가 훨훨 날아가도 좋을 것만 같았다. 홀린 듯 넋을 잃은 채 엄마를 바라보고 있자니 갑자기 목구멍 안쪽에서 뜨겁고 쓰고 독한 그 무언가가 치밀어 올랐다. 썩은 묵을 먹은 것처럼 고약한 맛이, 죽은 아버지를 안고도 느끼지 못했던 그 떫은맛이 산 엄마를 보는 순간 목구멍을 역류해 참을 수가 없었다. 나는 모랫바닥에 고개를 묻고 토하기 시작했다. 놀란 엄마가 자전거를 팽개치고 달려왔다. 급하게 내던져진 자전거 바퀴가 허공에서 팽그르르 회전하는 것이 보였다. 오래전 내가 맛보았던 것이 정말 죽음이었을까. 에구, 애가 짬뽕 먹고 바로 자더니 얹혔나부네. 영문 모르는 엄마가 등을 두드려주는 동안 나는 토하고 또 토했다.

한 마을과
두 갈래 길을
지나는 방법에
대하여

마을에는 두 갈래의 길이 있다. 하나는 들어오는 길이고, 하나는 나가는 길이다. 들어오는 길은 푸르고, 나가는 길은 붉다. 그래서 마을 사람들은 들어오는 길을 푸른 길이라 부르고, 나가는 길은 붉은 길이라 부른다. 길은 그게 전부다. 두 개의 길 사이에 동그랗게 마을이 들어서 있다. 꼭 웅덩이 같은 마을이다. 더 커지지도 않고, 작아지지도 않고, 마을은 늘 똑같은 크기다. 가끔 푸른 길을 따라 낯선 사람들이 들어오지만, 또 그만큼의 친숙한 사람들이 붉은 길로 빠져나간다. 들어오고 나가는 사람의 수는 마치 약속이라도 한 것처럼 비슷하다.

늘 낯선 사람들만 마을을 찾아오는 것은 아니다. 드문 일이지만 떠난 사람들이 다시 돌아오는 경우도 있다. 나갔던 길로 돌아오는 법은 없다. 처음 이 마을을 찾아왔을 때 그랬던 것처럼 푸른 길로 들어온다. 하지만 그들은 마을에 대해서 아무것도 기억하지 못하는 게 아닌가 싶다. 그렇지 않다면 그렇게 낯선 표정을 지을 수 없을 것이다. 행동하는 것만 봐도 이 마을에 대해서 전혀 모르는 것 같다. 처음에는 돌아온 이들을 만나면 반가워서 큰 소리로 이름을 부르고 인사를 건네기도 했다. 그러면 그들은 혹시 사람을 잘못 본 것 아니냐며 어깨를 으쓱거리거나 이상한 사람을 보듯 나를 피했다. 간혹 이름이 달라진 사람도 있었다. 같은 이름을 쓰는 사람들은 내가 그들의 이름을 어떻게 아는지 궁금해했다. 그건 전에도 당신이 이곳에 살았으니까요. 하지만 그들은 내 말을 믿지 않았다. 그건 있을 수 없는 일이라고 했다. 나를 미친 사람 취급하는 이도 있었다. 그래서 나는 돌아온 사람들에게 더이상 아는 체하지 않기로 했다. 다만 마을 바깥에 기억을 잃게 하는 뭔가가 있는 건 아닐까 상상했을 뿐이다. 아직 이 마을을 나가본 적이 없는 나로서는 그 이상은 짐작하기 어려웠다. 나는 그냥 그들이 나를 찾아올 때까지 내버려두기로 했다. 어차피 언젠가는 그들이 나를 찾아올 것이다. 돌아온 이들이라고 해서 이야기가 필요 없지는 않은 법이니까.

내 직업은 이야기꾼이다. 정확하게는 사람들에게 그들의 이야기를 들려주는 사람이다. 사람은 누구나 자신의 이야기가 필요할 때가 있는 법이다. 그때가 오면 사람들은 나를 찾아온다. 대부분 나이가 지긋한 이들이다. 왜 그런지는 모르겠는데,

사람들은 나이를 먹은 후에야 비로소 자신의 이야기를 알고 싶어한다. 나는 그런 사람들의 부탁을 받아 이야기를 만들어준다. 아니, 정확하게 말하면 이야기를 읽어준다. 이야기가 필요한 사람들이 들고 오는 것은 자신의 마음이다. 나는 그 마음을 읽어주는 일을 한다. 사람들은, 다른 사람의 마음은 물론이고 자신의 마음도 스스로 읽을 수 없기 때문이다. 자신의 마음을 자신이 읽지 못한다는 것이 의아하게 들리겠지만, 자신의 마음을 자신이 읽을 수 있다면 그것도 이상한 일이지 싶다. 일단 그들은 마음을 보지 못한다. 당연하다. 언제나 가장 가까운 것은 보이지 않는 법이다. 그리고 그들이 자신의 마음을 읽지 못하는 덕분에 내가 밥을 먹고 살 수 있으니 내게는 다행스러운 일이다. 나는 이 마을의 유일한 이야기꾼이다. 누구나 이야기꾼의 운명을 타고나는 것은 아니다.

가끔은 내가 들려준 이야기에 불만스러워하는 사람들도 있다. 그건 사실이 아니에요. 그들은 투덜거린다. 그러면 나도 단호하게 대꾸한다. 믿든 못 믿든 그건 분명한 당신의 이야기예요. 그래도 여전히 항의하는 사람들이 있다. 내 마음은 그렇게 지루하고 형편없지 않아요. 안타깝지만 어쩔 수 없는 일이다. 그들도 무엇이 진실인지 알고 있을 것이다. 어쩌면 그래서 더 서글퍼하는 것인지도 모른다. 그 점을 생각한다면 거짓을 말해야 하는 건 아닌가 싶지만 어쩔 수 없다. 세상에는 어쩔 수 없는 일들이 있는 법이고, 아무리 설명해도 이해할 수 없는 일들이 있는 법이다. 게다가 이야기꾼은 거짓말을 할 수 없다. 그것은 이야기꾼이 지닌 또하나의 운명이기도 하다.

사실 정말 힘든 건 너무 일찍 이야기를 가지고 싶어하는 이들이 찾아올 때다. 마을에 머무른 지 얼마 되지 않아 마음이 너무 작은 사람들이다. 그들의 마음은 너무 작아서 이야기가 거의 없는 경우도 많다. 그럴 때 나는 마음 대신 그들이 함께 가지고 온 자수비단을 읽어준다.

자수비단에 대한 이야기를 하려면 푸른 길에 살고 있는 여인에 대해 먼저 이야기해야 한다. 그녀는 나와 비슷한 일을 한다. 마음을 읽는다는 점에서 그렇다. 하지만 나처럼 이야기를 읽어주는 대신 그녀는 꽃물 들인 비단에 자수 놓는 일을 한다. 그녀의 작업실은 푸른 길 가장 가까운 곳에 있다. 낮고 둥그런 지붕이 꼭 버섯 같은 모양을 한 집이다. 마을에 오는 사람들은 예외 없이 그녀의 집에 들른다. 거기서 그들은 자신의 마음을 그녀에게 보여주는데, 이제 막 낯선 마을에 도착한 이들이다 보니 주로 설렘이 가득차 있다. 그녀는 그중에서 사람들의 꿈이라든가 소망이라든가 하는 것들을 찾아낸다. 그리고 찾아낸 꿈과 소망에 어울리는 색실을 고르고, 그 실로 고운 비단에 무늬를 수놓아준다. 마을 사람들의 집에는 그녀가 수놓아준 자신들의 꿈이 가족들의 수만큼 걸려 있다.

가끔 그녀에게 자수비단을 받지 않는 이들도 있다. 그런 이들은 이상하게 싸우기 좋아하고 게으르며 성격이 잔뜩 모나 있는 이들이라서, 사람들은 자수비단이 없는 사람들과는 좀체 어울리지 않는다. 나도 이 마을에 처음 왔을 때 그녀가 자수비단을 만들어주었다. 하지만 지금 나에게는 그 비단이 없다. 그녀는 내 마음이 가진 모양대로 수를 놓아주기는 했지만, 비단은 자신이 보관하고 있겠다고 했다. 당신은 이야기꾼의 운명을 가지고 있어요. 이야기꾼의 운명을 가진 사람은 자신의 자수비단을 옆에 두고 있으면 안 돼요. 그녀는 다정하게 웃으며 말했다. 내 비단을 자꾸 들여다보면 다른 사람의 마음을 읽을 수 없기 때문이라고 했다. 벌써 오래전 일이다. 그때 내 마음이 어떤 무늬였는지 기억나지 않는다. 그후로 그녀를 만난 적이 없기 때문이다. 그래도 그녀의 솜씨가 여전히 빼어나다는 것은 잘 알고 있다. 이야기를 만들어달라고 찾아오는 사람들은 마음과 함께 자신의 자수비단도 가져온다. 모든 이야기의 처음은 바로 그 비단에서부터 시작되기 때문이었다. 사람들의 비단은 대부분 오래되어 낡았고, 그들의 마음에 새겨진 이야기는 자수무늬와 아주 달랐지만, 그래도 비단 위에 새겨진 꽃과 나비와 하늘과 그리움과 사람과 자부심은 여전히 날렵하고 아름다웠다.

사람들의 마음을 이야기로 만드는 일은 무척 수고스러운 일이다. 사람들이 가져오는 마음은 상태가 일정하지 않다. 어떤 것들은 함부로 다뤄서 깨지기도 하고, 얼룩이 져 있기도 하다. 또 어떤 것들은 어린 풀의 속살처럼 너무 보드라워서 자칫

소홀하게 다루었다가는 바스라질 것처럼 생겼다. 나는 그 모든 마음들을 일단 꽃잎을 우려낸 물에 담가둔다. 그래야 마음을 덮고 있는 더께가 벗겨지기 때문이다. 마음을 읽는 일이 끝나면 나는 그들의 이야기를 책으로 만들어준다. 먼저 마을의 가장 오래된 숲에 가서 죽은 나무의 껍질을 벗겨낸다. 그리고 그 숲에 있는 샘에서 물을 길어와 마음의 일부를 곱게 빻아 만든 가루를 풀어 잉크를 만든다. 마음에 담긴 내용에 따라 잉크의 색깔은 늘 다르다. 준비가 끝나면 나무의 껍질로 만든 두껍고 오래된 종이에 잉크를 몇 방울 떨어뜨리고, 내가 읽은 마음을 들려준다. 서서히 혹은 빠르게 잉크가 번지면서 내가 들려주는 이야기를 기록한다. 그 작업을 마치고 나면 나는 그해에 첫 싹을 틔운 여린 풀로 꼰 매듭을 가지고 튼튼하게 포장을 한다.

내가 일하는 과정을 쭉 지켜보고 있던 그들은 내가 포장까지 마친 것을 확인한 후에 내게 감사의 인사를 전하고 따뜻하고 아쉽고 그립고 서운한 눈빛으로 내 작업실의 뒷문을 나선다. 그리고 그길로 마을을 떠나간다. 우리집은 붉은 길로 나가는 관문이고, 이야기를 가지고 싶어하는 사람들은 마을을 떠날 때가 되어서 찾아온 사람들이다. 그러나 그들은 책을 가지고 떠나지는 않는다. 이야기는 만들어지는 순간 이미 그들의 것이기 때문이다. 나는 그들이 남기고 간 이야기책을 서가에 꽂아둔다. 마을 사람들이 가끔 찾아와 그 이야기 책 가운데서 한 권을 빌려간다. 빌려진 이야기는 마을에 사는 다른 이들의 마음속으로 스며든다. 하지만 대부분의 이야기는 찾아가는 사람이 없다.

어느 볕 좋은 날, 집 앞에 있는 커다란 의자를 흔들며 햇볕을 쬐고 있을 때, 나는 멀리서 걸어오는 하나의 그림자를 봤다. 그림자는 푸른 길의 초입에서부터 우리집이 있는 붉은 길 앞까지 망설이지 않고 곧장 걸어왔다. 나는 그 그림자가 누군지 단박에 알아차렸다.

내 이야기가 필요해요.

바늘에 찔려 굵게 부풀어오른 손가락, 머리와 옷에 잔뜩 엉켜 있는 실밥 때문에 조금 초라해 보였지만 그림자에게서는 은은한 꽃향기가 났다. 아주 오래 전에 맡아본 적 있는 향기였다. 푸른 길 앞에서 수를 놓는 여인. 그러나 그녀는 자신의 마음을 가지고 오지 않았다.

이야기를 만들려면 마음이 필요해요.

그녀는 잠시 머뭇거리다가 작은 꽃잎으로 만든 옷의 단추를 끌러 보였다.

하지만 나는 마음이 없어요.

정말로 마음이 있어야 할 자리가 텅텅 비어 있었다. 그 안에서는 꽃향기만 났다.

대신에 이걸 가져왔어요.

그녀가 꺼낸 것은 오래전에 맡겨둔 내 자수비단이었다.

하지만 이건 내 자수비단이에요.

그리고 내 마음이기도 해요.

잠시 부드러운 침묵이 흘렀다. 이윽고 그녀가 입을 열었다.

비단을 읽어주세요. 내 말이 무슨 뜻인지 알게 될 거예요.

그래서 나는 그녀의 마음 대신 그녀에게 맡겼던 내 자수비단을 읽기 시작했다. 읽으려고 노력했다. 오랜 세월의 먼지 때문에 군데군데 얼룩이 져서 쉽지는 않았다. 눈을 부릅뜨고 정신을 집중했더니, 어떤 거대한 무늬가 보이는 것 같았다. 꿈, 미래, 사랑, 이별, 추억……이 한데 어우러져 하나의 그림자처럼 떠오르더니, 이내 그녀의 모습으로 바뀌었다. 나는 너무 놀라 잠시 할말을 잊었다. 겨우 정신을 가다듬고 그녀에게 물었다.

어떻게 이런 일이 있을 수 있죠?

그게 우리의 운명이에요.

운명이라고요?

사람들의 마음을 가지고 수를 놓는 일, 새겨진 수의 매듭을 풀어 이야기를 만드는 일. 그게 우리들의 일이고, 운명이죠.

이윽고 그녀는 우리집 뒷문을 열었다. 그리고 가만히 붉은 길을 향해 걷기 시작했다. 미풍이 왔다 간 것처럼 조용한 움직임이었다. 그녀의 뒷모습을 멍하니 바라보다가 나는 때가 되었다는 사실을 깨달았다. 이제 내 이야기가 필요한 시점이다. 나는 가만히 내 마음을 꺼내보았다. 다른 사람들의 이야기가

덕지덕지 묻어 있어서 더 오랫동안 꽃잎을 우린 물에 담가야
했다. 그리고 나니 이야기가 보였다. 나는 또박또박 그 이야기
를 읽어나가기 시작했다.

"마을에는 두 갈래의 길이 있다. 하나는 들어오는 길이고,
하나는 나가는 길이다. 들어오는 길은 푸르고, 나가는 길은 붉
다. 그래서 마을 사람들은 들어오는 길을 푸른 길이라 부르고,
나가는 길은 붉은 길이라 부른다. 길은 그게 전부다.……"

작가의 말

20년도 전에 쓴 소설을 다시 꺼내놓는다. 다시 읽어보면서 두 번 놀랐다. 우선은 우리가 여전히 비슷한 풍경 속에 살고 있구나 하는 자각 때문이었다. 그러니까 실업과 자조에 갇힌 청년 세대와 전 세대를 아우르는 빈부의 양극화와 고립의 문제는 20년이 훌쩍 지난 지금까지 전혀 달라지지 않았다. 그때에는 IMF라는 핑계라도 있었는데, 지금은 그런 핑계조차 없다는 것이 다르다면 다른 점이라고 할까. 또다른 놀라움은 언어의 변화에 대한 것이었다. 소재와 문장, 주제 모두 일상의 삶에 천착하고자 했던 소설에서마저 차별적이고 비하적인 표현과 사고가 발견되었다. 우리는 대체 어떤 언어로 사고하고 있던 것일까. 얼굴이 화끈거렸다. 그러나 한편으로 그 부끄러움은 우리의 언어가, 그 안의 사고가 성장했다는 반증일 터였다. 이제

껏 나는 삶이 언어를 이끈다고 생각했는데, 어쩌면 언어가 삶을 이끌어가는 것일 수도 있겠다 싶다. 우리가 갇혀 있는 가난과 절망과 차별은 여전하지만, 그것을 인지하는 언어가 달라졌으니 우리의 지금은, 그리고 우리의 다음은 조금이라도 달라졌고, 달라질 것이라 기대하고 싶다.

소설을 고치는 동안 언어의 성장 폭을 조금이라도 따라가기 위해 애썼다. 그렇지만 완전한 혹은 대대적인 개작은 지양했다. 문학은 어쨌거나 그 글이 쓴 당대의 시대성을 반영할 수밖에 없다고 생각하기 때문이다. 고루하더라도 그 시대의 문학은 그 시대의 언어로만 설명 가능한 부분이 있을 것이다. 그런 의미에서 등단작이었던 「외출」은 거의 손대지 않았다. 그 시대가 문학을 인식하는 태도와 문학에 대해 갖는 기준점은 그 시대가 선정한 신인의 문학에 담겨 있다고 생각했기 때문이었다. 그러나 그럼에도 표제작이었던 「안녕, 레나」는 수록하지 않았다. 그 시대의 문화사적인 풍경은 살필 수 있을지 몰라도 지금 이 시대에 다시 한번 호명할 정도의 의미가 있는지는 의문이었다. 다른 작품은 여전히 함께 공유해볼 만한 지점이 있다고 생각하여 내용에 변화를 주지 않는 선에서 표현 방법만 일정 부분 달리했다.

가장 오래 고민했던 소설은 「왜 던지지 않았을까, 소년은」이다. 2002년의 월드컵 경기장에서 보았던 한 사건이 모티브가 되었는데, 이 사건을 둘러싼 어떤 기록도 찾을 수 없었다.

내가 소설을 쓰기 위해 가지고 있던 자료도 오늘 이 순간을 예상하지 못했으므로 폐기되었고, 한 시대의 중심인물이 아닌, 평범한 소시민이 벌인 일에 대한 기록은 어디에도 남아 있지 않았다. 축구협회와 현역 코치와 당시를 기억할 만한 내 또래들의 기억과 물어볼 수 있는 모든 곳에 질문을 던졌으나 원하는 답을 얻지 못했다. 그러나 그런 과정을 통해 나는 오히려 이 소설은 반드시 남겨야겠다고 마음먹었다. 아무도 기억하지 않는, 그러나 분명히 존재하는 어떤 순간을 기록하고 그 의미를 환기시키는 것이 어쩌면 소설이자 소설가의 의무일 수 있겠다는 생각이 들었던 것이다. 이 소설을 고치고 복원하면서 나는 소설이란 무엇인가, 나는 앞으로 어떤 소설을 써야 하는가에 대한 답을 얻었다. 그러므로 표제작인 「한 마을과 두 갈래 길을 지나는 방법에 대하여」가 은유를 입혔으되 내가 생각하는 소설이 무엇인가에 대해 직접적으로 말하고 있다면 「왜 던지지 않았을까, 소년은」은 내가 써왔고, 앞으로도 쓰게 될 소설의 지향점에 대한 이야기라고 하겠다.

　서른 전후의 나이에 썼던 소설을 다시 읽고 고치면서, 그 시절의 나와 지금의 나 사이에 놓인 거리를 내내 가늠했다. 더디게 걸었으되 다른 길에서 헤매지는 않았던 것 같다. 조금이라도 깊어졌다면 다행이겠다. 그러나 어쩌면 가장 깊고 큰 마음은 처음 출발하던 그 자리에 여전히 놓여 있는 것인지도 모를 일, 하여 나는 이제 이 소설책에 시작하던 마음을 함께 묶는다. 그러하다. 이것이 나의 처음이고, 나의 시작이고, 나의 길이다.

한 마을과 두 갈래 길을 지나는 방법에 대하여

초판 인쇄 2021년 7월 22일
초판 발행 2021년 8월 2일

지은이 한지혜 | 펴낸이 신정민

편집 최연희 김승주 이희연 | 디자인 윤종윤 이주영 | 저작권 김지영 이영은
마케팅 정민호 김경환 | 홍보 김희숙 함유지 김현지 이소정 이미희 박지원
제작 강신은 김동욱 임현식 | 제작처 상지사

펴낸곳 (주)교유당
출판등록 2019년 5월 24일 제406-2019-000052호

주소 10881 경기도 파주시 회동길 210
문의전화 031) 955-8891(마케팅), 031) 955-2680(편집)
팩스 031) 955-8855
전자우편 gyoyudang@munhak.com

ISBN 979-11-91278-57-6 03810